Vive le CM2 !

Du même auteur, dans la même collection :

Vive le CM2 !

Mon (super) anniversaire

La classe de neige (et de copines)

Vive la 6e !

Ma première boum

Rendez-vous à la patinoire

Avertissement de conduite

Un cœur en vacances

Vive la 5e !

Un jeudi à la mer

Le voyage en Angleterre

La fête de fin d'année

Vive le CM2 !

Ségolène Valente

Les (vraies) reines de la fête

RAGEOT

Cet ouvrage a été imprimé sur un papier
issu de forêts gérées durablement,
de sources contrôlées.

Certifié PEFC
Ce produit est issu de forêts gérées durablement et de sources contrôlées.
PEFC™ 10-32-2580
pefc-france.org

IMPRIM'VERT
Votre imprimeur agit pour l'environnement

Couverture et illustrations : Isabelle Maroger.

ISBN 978-2-7002-3886-0
ISSN 1772-5771

Honneur aux CM2

Un matin du mois de juin à la récré, alors qu'on discutait tranquillement de la rentrée en sixième mes copines et moi, Kenza a traversé la cour en fonçant droit vers nous, suivie de ses trois copines Jade, Maé et Selma. Elles avaient l'air énervées.

J'ai eu un instant de panique.

Est-ce que je m'étais bien excusée quand j'avais marché sur le pied de Selma en montant en classe ?

Est-ce que Marie-Lou avait rendu la cartouche d'encre turquoise qu'elle avait empruntée à Jade ?

Est-ce qu'elles en voulaient à Nora qui leur avait murmuré de se taire quand la maîtresse était sortie deux minutes de la classe ?

Kenza a longtemps été la pire ennemie de notre club de copines qui vient de fêter son premier anniversaire (hip hip hip !). Heureusement, on avait fait la paix en classe de neige.

Arrivée à notre hauteur, Kenza a plaqué sa frange sur le côté en faisant sonner sa dizaine de bracelets et nous a interrogées :

– Vous avez lu le mot ?

On a répondu oui sans comprendre où était le problème. Ma copine Marie-Lou qui a toujours la tête ailleurs s'est étonnée :

– Le mot ? Quel mot ? On avait un mot à faire signer pour aujourd'hui ?

– Le mot pour la kermesse qu'on vient de coller dans le carnet de correspondance, a soufflé Maé en plaquant sa frange sur le côté comme sa copine.

Je me suis sentie soulagée, si Kenza était en colère ce n'était pas contre nous. Je ne m'imaginais pas reprendre les hostilités avec elle à un mois des grandes vacances.

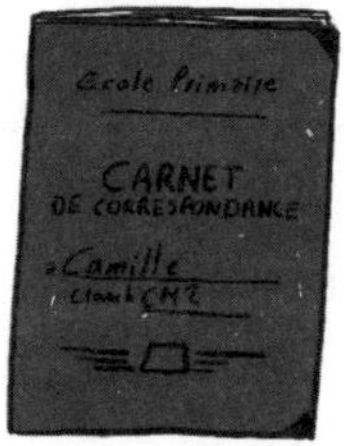

Kenza a sorti le mot de la poche arrière de son jean et l'a lu, l'air indignée :

– *La réunion de préparation pour la kermesse aura lieu le mardi 12 juin à 20 h 30 dans la salle des maîtres. Les parents volontaires pour tenir des stands sont les bienvenus.*

Les élèves de CM2 s'occuperont de la vente des tickets et de la buvette.

– Pourquoi les parents sont invités à la réunion préparatoire de la kermesse et pas nous, les élèves de CM2 ? a demandé Kenza. C'est injuste, on fait partie de l'organisation cette année ! On a notre mot à dire !

– C'est vrai, on a notre mot à dire, a répété Jade pour soutenir sa copine.

On s'est regardées avec étonnement, mes copines et moi, on n'aurait pas imaginé qu'on puisse participer à la réunion.

Kenza trouve tout injuste : une punition alors que la classe entière l'entend bavarder depuis une heure, les CP qui la doublent dans la file de la cantine alors qu'ils ont l'autorisation de passer les premiers, des devoirs pendant les vacances parce que « Les vacances, c'est les vacances ».

– Et pourquoi on s'occuperait juste de la vente des tickets et de la buvette ? s'est-elle indignée. Vous n'avez pas envie de vous occuper des stands de jeux, vous ? En plus, je suis sûre qu'on aura de meilleures idées que nos parents !

– Oui, de meilleures idées ! s'est exclamée Selma.

Avec mes copines du club, on s'est lancé un coup d'œil intéressé. Nous les super pipelettes, on adorerait tenir des stands de jeux !

Les idées les plus délirantes ont jailli aussitôt de la bouche de mes copines.

Il y a eu l'idée « artiste » de Marie-Lou :

– On pourrait proposer un atelier peinture et mosaïque pour décorer la façade de l'école, a-t-elle suggéré.

– Super ! s'est exclamée Kenza en lançant un clin d'œil à ses copines. D'autres idées ?

L'idée « grande famille » de Zoé qui n'avait jamais fait de kermesse dans son ancienne école :

– On pourrait organiser un jeu collectif avec les parents, les maîtresses et les élèves ! Un chat-prison géant ou un épervier.

– Intéressant, ça plaira forcément, a approuvé Kenza.

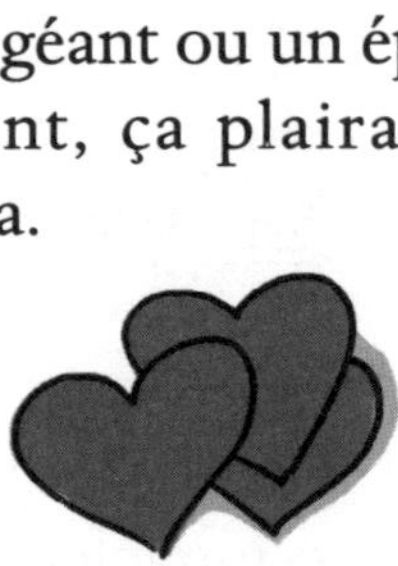

L'idée « sucrée » de Charlotte :

– Moi mon rêve, ce serait de tenir un stand de barbes à papa ! Avec des gaufres, des crêpes, un pot de Nutella géant, des sucettes de toutes les couleurs !

– Arrête, tu me donnes faim ! l'a interrompue Kenza. Excellente idée les barbes à papa, personne n'y a jamais pensé pour nos kermesses. Et je suis sûre que ça marchera, moi je suis capable d'en manger trois dans la matinée.

– Moi aussi ! Moi aussi ! Moi aussi ! ont glapi ses copines.

L'idée « équestre » de Nora, passionnée de cheval :

– Moi mon rêve, c'est d'amener des poneys du centre équestre dans la cour et de proposer des promenades dans le quartier.

– Extra le poney ! s'est écriée Kenza en applaudissant. Le centre équestre n'est pas loin de l'école, c'est jouable !

Ses copines ont approuvé par des « génial », « d'enfer », « trop top ».

L'idée « gonflée » d'Emma Garcia qu'on appelle Emma G parce qu'on a deux Emma dans notre club de copines :

– Moi je voudrais m'occuper d'une structure gonflable avec deux étages, des toboggans géants et des jets d'eau pour se rafraîchir parce que ce sera l'été et on aura chaud.

– On va vraiment s'éclater dans ta structure gonflable ! s'est exclamée Kenza. Tu auras du monde.

– Et moi, euh... euh... je ne sais pas, mais j'ai très envie de tout ça, a marmonné Emma M qui ne donne jamais son avis.

Kenza s'est approchée de nous avec un air de conspiratrice et a murmuré :

– Moi aussi, j'ai très très envie de tout ce que vous me proposez, les filles. Vous voyez, on a des idées bien plus originales que nos parents ! Il n'y a pas que le chamboule-tout et la pêche à la ligne dans la vie !

On a souri. On était 100 % d'accord.

Comme je n'avais pas encore évoqué l'idée « glisse » qui me trottait dans la tête depuis le début, j'ai ajouté :

– Et une kermesse avec rollers obligatoires de 7 à 77 ans, ça vous plairait ?

Elles ont toutes hurlé de joie. Kenza m'a sauté au cou et on a failli tomber sur Selma.

J'ai replacé mes lunettes en haut de mon nez et puis j'ai résumé la situation :

– En tout cas, c'est notre dernière kermesse, il faut qu'elle soit réussie !

– Bien dit Camille ! s'est exclamée Kenza en me topant dans la main comme si on avait toujours été les meilleures amies du monde.

Et elle a hurlé :

– C'est qui les reines de la fête cette année ?

– C'est nous ! a-t-on répondu en chœur.

– C'est qui ?

– C'est nous ! a-t-on répété plus fort.

– Alors c'est parti ! a ordonné Kenza en me prenant par le bras.

Je me suis figée net.

– Comment ça, c'est parti ?

– Camille, tu viens avec moi demander à la directrice si on peut organiser nos stands.

– Maintenant, tout de suite ?

– Oui mais surtout motus et bouche cousue ! On garde le secret.

Comme mes copines étaient super excitées à l'idée d'organiser une kermesse de rêve, j'ai suivi Kenza sans protester.

Demande de stand

On a traversé la cour au pas de charge. J'étais super motivée. Notre méga kermesse pouvait être grandiose et nous laisser un souvenir inoubliable si on arrivait à convaincre les maîtresses !

Antoine et Wang faisaient une partie d'échecs assis sur un banc près de la porte du préau.

Antoine avait passé toute l'année avec nous parce qu'il ne s'entendait pas très bien avec les autres garçons. Mais depuis notre retour de classe de neige, on ne le voyait plus. Il s'était fait un nouveau copain, Wang, qui est aussi timide que lui et aussi doué en classe.

En nous voyant ouvrir la porte, Antoine a chuchoté, l'air inquiet :

– Vous allez où ? C'est interdit d'entrer dans le bâtiment pendant les récrés !

– T'es de la police ? a répliqué Kenza pour rigoler.

– On va voir la directrice pour lui demander si on peut organiser des stands pendant la kermesse, lui ai-je répondu. Mais c'est top secret !

Antoine est le seul garçon qui a presque fait partie de notre club de copines et je sais que je peux lui faire confiance. Jamais il n'irait parler à tout le monde de notre projet.

– Mais c'est dans vingt-sept jours la kermesse ! a lancé Wang.

– Et combien de minutes ? a demandé Kenza en m'envoyant un coup de coude complice qui m'a fait sourire.

Et elle m'a entraînée dans le préau.

Après une première tentative à la porte du bureau de la directrice où personne n'a répondu, Kenza a tambouriné à celle de la salle des maîtres.

J'ai croisé les doigts pour que notre demande soit acceptée. Je voulais vraiment que notre dernière kermesse soit la plus exceptionnelle que notre école ait jamais connue. Vas-y Kenza, on est toutes avec toi !

Mais en retirant son sweat, elle a décroché une de ses boucles d'oreilles. Elle la cherchait par terre en s'exclamant : « Elle n'a pas pu s'envoler ! » quand la porte de la salle des maîtres s'est brusquement ouverte.

– Que se passe-t-il ?

Devant moi se tenait Mme Delaporte, la plus sévère de nos deux maîtresses.

Je suis restée muette quelques secondes interminables. J'avais la gorge sèche et les mains moites. Kenza, qui était censée prendre la parole, longeait le couloir à quatre pattes en répétant :

– Elle n'a pas pu s'envoler !

Je devais réagir. Le problème c'est que je ne suis pas une pro des réclamations. La preuve, lorsque la maîtresse me demande de distribuer des photocopies et qu'il en manque une, je préfère suivre sur celle de mon voisin – et pourtant c'est Diego – plutôt que d'en réclamer une devant toute la classe. J'ai remonté mes lunettes en haut de mon nez d'un geste automatique et j'ai marmonné :

– Excusez-moi de vous déranger, est-ce que madame la directrice est là, s'il vous plaît ?

– Elle est occupée, m'a répondu Mme Delaporte. Qu'est-ce que vous lui voulez ?

Ses yeux me transperçaient et sa voix me glaçait les tympans. C'était le moment d'aborder le sujet des stands de CM2 et aucun son ne sortait de ma bouche. Quelques mots sont enfin arrivés :

– Pour la merkesse… euh, la kermesse… ai-je commencé.

– Oui ?

Quand je suis intimidée, je mélange l'ordre des mots, des lettres et mes phrases ressemblent à de la vraie bouillie. J'ai continué quand même :

– Oui euh… On voulait savoir si les CM2 pouvaient tenir leur viande… euh, leur stand ?

– On n'y est pas encore à la kermesse. Vous feriez mieux de vous concentrer sur votre travail plutôt que de penser à vous amuser. Il reste un mois avant la fin de l'année et les évaluations ne sont pas terminées.

– Oui mais la révaluation… euh, la réunion…

– Et retournez dans la cour, il est interdit de pénétrer dans l'établissement pendant les récréations.

Elle a fermé la porte et je suis restée figée devant comme un pot de fleurs.

Tout à coup, Kenza a sauté de joie et s'est écriée, sa boucle d'oreille à la main :

– Hourra ! Je l'ai retrouvée !

Puis elle a plaqué sa frange sur le côté et elle a demandé :

– Alors pour nos stands, c'est d'accord ?

En voyant mon visage tout blanc, elle a compris que la conversation avait été un échec.

– Tant pis, ce sera pour une prochaine fois, a-t-elle conclu en me prenant par l'épaule sans réaliser qu'il n'y aurait pas de prochaine fois, à part pour les redoublantes. Et puis il faut être réaliste, vous aviez des idées un peu ambitieuses !

Pourtant tout à l'heure, elle avait trouvé nos idées très originales ! Mais je n'ai pas protesté.

On a regagné la cour. Kenza a rejoint ses copines et moi les miennes pour leur donner le résultat de notre entretien en salle des maîtres.

Elles se sont lamentées les unes après les autres :

– Et ma structure gonflable ?

– Et mes barbes à papa ?

– Et le poney ?

– Et la déco de la façade de l'école ?

– Et les jeux collectifs ?

Mes copines étaient si déçues que j'étais prête à tout pour leur rendre le sourire.

C'est en montant en classe qu'une idée géniale m'a traversé l'esprit.

J'ai déclaré tout bas à Kenza :

– Ce soir, je demanderai à mes parents de parler de notre projet pendant la réunion. Je suis sûre qu'ils réussiront à convaincre les maîtresses de nous laisser organiser les stands.

– Camille, tu es notre sauveuse ! s'est écriée Kenza en me prenant par l'épaule. Avec les maîtresses, les parents, ça marche toujours mieux que les élèves ! On compte sur toi !

– Je fais mon max mais je ne promets rien, ai-je soufflé.

– J'ai bon espoir, m'a lancé Kenza en croisant ses doigts et agitant ses bracelets.

J'ai croisé mes doigts comme elle. On devenait vraiment super complices. Et dire qu'on s'était détestées presque toute l'année !

Moi aussi j'avais bon espoir que mes parents nous aident. Ils ont des défauts (nombreux), mais on arrive à discuter avec eux (un peu).

Et puis ils ne pouvaient rien me refuser : je leur demande rarement de me rendre service, je travaille bien à l'école, je range ma chambre, je mets le couvert, je fais des parties de Puissance 4 avec mon petit frère.

Je les entendais déjà s'extasier : « Des stands tenus par des CM2 pour la kermesse ? Quelle bonne initiative, ça changera un peu ! »

Papa star

Il valait mieux que mes parents soient de bonne humeur avant que je leur demande quoi que ce soit. J'ai mis le couvert, j'ai fait une partie de Super Mario avec mon petit frère puis j'ai sorti de mon cartable mon carnet de correspondance. Maman a lu le mot et a soupiré comme si c'était une corvée :

– Déjà la kermesse ! Désolée, Camille, je ne pourrai pas aller à la réunion préparatoire, j'ai un rendez-vous professionnel ce soir-là. Demande à ton père.

Elle a signé le mot d'un petit gribouillis et m'a rendu mon carnet. Ce n'était pas la peine de perdre mon temps à essayer de lui expliquer notre projet. Je me suis tournée vers papa. J'avais intérêt à être convaincante. Mes copines comptaient sur moi.

À peine papa a-t-il vu le mot *kermesse* dans le carnet qu'il m'a fixée avec des yeux exorbités et s'est écrié :

– Je sais ce que je vais faire pour la kermesse cette année !

– Tu vas tenir la buvette ?

– J'ai une meilleure idée…

Je l'ai interrompu pour placer notre projet :

– Justement nous aussi on a plein d'idées et on a envie d'organiser…

– Attends-moi là, tu vas être éblouie !

– Mais… enfin, je… euh…

Il s'est précipité au sous-sol comme une flèche et il est remonté cinq secondes après avec une grosse boîte noire couverte de poussière.

Il a murmuré, l'air aussi émerveillé qu'un archéologue qui vient de découvrir un nouveau trésor dans une pyramide :

– Regarde ce bijou !

Il a ouvert la boîte et il en a sorti une guitare.

– Mais, je… enfin…

– Écoute !

Il a posé un pied sur la chaise, il a plaqué ses doigts sur le manche, il a joué quelques notes et il a chanté très fort :

– *Un jour j'irai à New York avec toi…*

Mon frère Tom qui jouait à Super Mario dans le canapé a ronchonné :

– Qui est-ce qui crie comme ça ?

– *Un jour j'irai là-bas…* a continué papa encore plus fort.

J'ai frissonné d'horreur rien que de penser au désastre s'il mettait son projet à exécution. Toute l'école se moquerait de moi. La vidéo circulerait sur le Net, on me montrerait du doigt dans la rue, à la plage, au collège l'année prochaine en murmurant : « Vous savez, c'est la fille dont le père a chanté à la kermesse ! » Bref, ma vie deviendrait un enfer.

Papa continuait à chanter sans s'apercevoir que je n'étais pas éblouie mais abasourdie. J'ai espéré un instant qu'il plaisantait. Mon père est un grand comique. Il est capable de me demander devant mes copines si j'ai bien envoyé ma lettre au père Noël. Malheureusement, là, il était sérieux.

Soudain il s'est arrêté au milieu d'un couplet.

– Alors, qu'est-ce que tu en dis, Caillou ? Ça fait quoi d'avoir un papa chanteur ?

– Ben… c'est-à-dire que… c'est bien mais…

Je n'ai pas eu le temps de lui avouer la vérité : « … mais il n'est pas question que tu me ridiculises devant toute l'école ! »

Tout guilleret, il a entonné aussitôt une nouvelle chanson :

– Tiens, tu la connais celle-là ? *I can't get no satisfaction.*

– C'est quoi tout ce bruit ? a crié Tom.

– Rassure-toi, il suffit que je m'y remette et je serai prêt, a déclaré papa. La guitare c'est comme le vélo, ça ne s'oublie pas.

– Ah bon ?

– Alors tu voulais un autographe ? a-t-il ajouté en rigolant.

Et, satisfait de ses retrouvailles avec ses vingt ans, il a gribouillé sa grosse signature de papa star en bas du mot de la maîtresse. Il a rangé son instrument dans la boîte comme s'il s'agissait d'une pièce de musée et on a dîné.

Cette histoire de guitare m'avait coupé l'appétit. À table, je picorais des petits pois un par un en attendant le bon moment pour dire ce que je pensais à mon père...

« Non papa, tu ne joueras pas, je ne veux pas qu'on se moque de moi jusqu'à la fin de l'année même s'il ne reste qu'une semaine de CM2 après la fête. »

Mais il parlait sans s'arrêter, trop content de raconter les souvenirs de ses soirées feu de camp avec ses copains. Maman le regardait avec un petit sourire et moi je l'écoutais avec de grands soupirs.

J'avais vingt-sept jours avant la kermesse pour le décourager.

Il était si motivé que je me suis demandé si ce serait suffisant.

Le lendemain, en arrivant à l'école, j'ai averti Kenza que mon plan avait échoué et on a fait une croix définitive sur nos rêves. Kenza a été sympa, elle ne m'en a pas voulu d'avoir échoué une seconde fois. Elle a dit pour me consoler :

– On fera comme les CM2 les autres années, on aidera les parents à la buvette et les maîtresses à la vente des tickets, on installera les stands, c'est mieux que rien ! Merci quand même d'avoir demandé à ton père, Camille.

Elle a posé sa main sur mon épaule et j'ai eu envie de tomber dans ses bras et d'éclater en sanglots. Ma fin de CM2 s'annonçait catastrophique : on n'organisait aucun stand à la kermesse et il fallait que je dissuade mon père de participer. Le seul point positif dans cette histoire, c'est qu'au moins je n'étais pas fâchée avec Kenza.

Et puis la vie des CM2 a repris comme avant : leçons, évaluations, cantine, copines, la routine ! Mme Delaporte nous l'avait rappelé, l'année n'était pas terminée et il fallait travailler jusqu'au dernier jour. En plus, la visite du collège approchait. Ce n'était pas le moment d'avoir la tête à faire la fête.

Par ici la visite !

– Ce sont toujours les mêmes qu'on attend ! a lancé Mme Delaporte.

On était rangés par deux devant l'entrée du collège Marie-Curie et notre maîtresse attendait que Kenza se taise et que Diego cesse sa démonstration de rap devant ses copains pour sonner à la porte.

– Ceux qui se tiennent mal seront privés de kermesse ! a menacé la maîtresse.

Et plus personne n'a bougé.

On nous avait tellement parlé du collège depuis la rentrée qu'on n'était pas dans notre état normal le jour de la visite.

Certains étaient inquiets et ne disaient rien, d'autres étaient excités et se faisaient remarquer. Avec mes copines du club, on appartenait à la première catégorie. Emma G et Emma M ne se quittaient pas, Charlotte avalait des M&M's tout ronds et je m'accrochais à la main de Marie-Lou pour me rassurer et Marie-Lou s'accrochait à la mienne pour se rassurer.

Lorsque la principale du collège est apparue sur le seuil de la porte, je suis restée tétanisée et ma main est devenue liquide dans celle de Marie-Lou. La principale a la réputation d'être trois fois plus sévère que Mme Delaporte. Elle nous a proposé de la suivre et on a avancé au rythme du claquement de ses talons.

En arrivant dans la cour, j'ai eu l'impression de rétrécir de dix centimètres. Elle était aussi grande qu'un stade !

Nous qui nous prenions depuis le début de l'année pour les plus grands, les plus beaux et les plus intelligents de l'école, ici on n'était que des petits CM2.

– Ça va ? m'a questionné Marie-Lou en essuyant sa main sur son pantalon.

– Ça va, ça va, ai-je répondu en rattrapant sa main aussitôt.

Et on a grimpé l'escalier dans le silence complet pour visiter une classe.

La principale a ouvert la porte 214 et la prof d'histoire-géo a interrompu son cours.

– 214 classes, tu imagines ! s'est étonnée Marie-Lou. Il faut que je m'achète un GPS, je ne m'y retrouverai jamais !

Elle n'avait pas tort, même moi qui ai le sens de l'orientation j'étais perdue.

– Mais non, le 2 c'est pour dire deuxième étage, a chuchoté Emma G.

On est entrés dans la salle de classe et on s'est serrés sur l'estrade.

Parmi les sixièmes, j'ai reconnu ma voisine Éléonore, qui m'a adressé un petit signe de la main, seulement j'étais tellement terrorisée de faire face à trente sixièmes d'un coup que j'ai juste répondu en clignant deux fois des cils.

La prof a demandé à ses élèves de nous expliquer l'organisation de la sixième. Ils ont parlé du cahier de textes de la classe, de l'organisation des devoirs, de l'emploi du temps...

On était tellement impressionnés qu'on n'a pas osé poser de questions. Même Kenza et Diego sont restés muets.

Antoine et Wang, eux, prenaient des notes sur un carnet.

Marie-Lou qui est souvent maladroite se comportait bien et j'étais rassurée parce que, sur le trajet, elle avait trébuché dans le caniveau et marché dans une crotte de chien. Elle avait juste piétiné le bas du manteau de la prof en montant sur l'estrade mais personne ne s'en était rendu compte.

Je suis restée très concentrée sur les explications de la prof et de la principale de peur de ne pas être prête à la rentrée. Au bout d'un moment, j'ai tourné discrètement la tête et je me suis aperçue que Diego me fixait bizarrement depuis au moins trois secondes. J'ai baissé les yeux aussitôt, prise de panique, et je me suis cachée derrière Marie-Lou, le cœur battant.

Ce n'était pas la première fois que je surprenais Diego en train de m'observer avec insistance. Et depuis quelques jours, en classe, il n'était plus le même. Il ne se servait plus dans ma trousse sans me demander mon autorisation, il ramassait mon stylo qui tombait par terre, il me complimentait sur mes bracelets. Je n'avais qu'une peur, qu'il soit tombé amoureux de moi !

Heureusement, la visite se terminait. Je me précipitais vers la porte quand Marie-Lou a renversé la corbeille. Diego nous a aidées à ramasser les détritus.

Puis, pendant la visite de la bibliothèque, il n'a pas arrêté de me regarder avec insistance. Et dans l'escalier, il a accéléré et s'est rapproché de nous.

J'ai lâché la main de Marie-Lou. Je me suis arrêtée pour refaire mon lacet et le laisser me dépasser.

Il s'est arrêté pour régler sa montre.

Les élèves disparaissaient un à un dans le préau. Il fallait absolument que je les rejoigne pour ne pas rester seule avec lui.

Je répétais dans ma tête : « Pars, pars, pars ! » mais il ne bougeait pas. Comment éviter sa déclaration d'amour ? Fallait-il tout de suite hurler « Nonnnn » ?

J'ai réfléchi à toute vitesse aux réponses possibles.

La réponse-guillotine :

✦ « Désolée, je suis déjà amoureuse d'un autre garçon. » Faux, bien sûr.

Ou bien la réponse-caresse :

✦ « On en parlera plus tard si tu veux bien, les autres doivent nous attendre. »

Ou alors la réponse-règlement de compte :

✦ « Avec tout ce que tu m'as fait cette année, je suis vaccinée contre toi ! »

– Il est cool ce collège, tu ne trouves pas ? m'a-t-il demandé.

– Très cool, ai-je répondu en tremblant comme une feuille, incapable de finir mon lacet.

– Tu as froid ?

– Non pourquoi ?

– Tu trembles, tu as peur ?

– Peur ?

Il s'est rapproché de moi. Mon cœur battait à toute allure. C'était sûr, il voulait m'embrasser ! Je me suis levée d'un bond et j'ai crié :

– Ah non, pas ça ! Quelle horreur !

Il m'a scrutée, l'air ahuri, et j'ai dévalé l'escalier pour rejoindre les autres comme si j'étais poursuivie par un tueur.

À présent, les CM2 étaient rassemblés dans la cour déserte. Je me suis réfugiée au milieu de mes copines. J'ai repris mon souffle, j'ai essuyé mon front et j'ai attrapé le bras de Marie-Lou qui ne s'était même pas aperçue que je n'étais plus avec elle.

Diego nous a rejoints peu après et il s'est placé face à moi l'air de rien. Je ne le quittais pas du coin de l'œil pendant que les élèves interrogeaient la principale. Antoine et Wang ont posé des questions précises sur le nombre d'heures de devoirs chaque soir, le nombre de livres à lire dans l'année, la moyenne à atteindre pour avoir les félicitations.

Et puis les doigts n'ont pas arrêté de se lever :

– C'est vrai qu'on fait la vaisselle si on casse un verre à la cantine ? (Charlotte)

– Il faut se présenter dès maintenant pour être déléguée de classe ? (Emma G)

– Est-ce qu'il y a une fête à la fin de l'année ? (Kenza)

– Il y a combien de salles dans l'établissement ? (Marie-Lou)

– Et si on veut roter en classe ?

Évidemment, l'auteur de cette question idiote était Diego. Ses copains ont pouffé mais pas nous. Un jour, il faudra que les garçons comprennent que ce genre de blague ne fait pouffer que la moitié de l'humanité. Et encore, elles ne font pas rire Antoine et Wang.

Quand la sonnerie de la récréation a retenti, on a tous sursauté et on s'est serrés les uns contre les autres. Quelques secondes plus tard, un flot d'élèves sortait dans la cour par toutes les portes. J'ai pris une profonde inspiration comme si je risquais d'être submergée par une vague gigantesque.

Le vacarme s'est amplifié. Les troisièmes étaient aussi grands que leurs profs. Les sixièmes se faufilaient partout. J'avais l'impression d'être une crevette au milieu de l'océan déchaîné.

Tout à coup, j'ai senti qu'on me tapotait dans le dos. Diego ?

Je me suis retournée brusquement et j'ai soupiré de soulagement : c'était ma voisine Éléonore suivie par ses copines. Elles avaient la même veste en jean et la même coupe de cheveux, lissés, dégradés devant et ramenés sur le côté.

– J'étais dans la classe, tu ne m'as pas reconnue ? m'a demandé Éléonore.

– Ah non, ai-je menti.

– Alors cette visite, ça donne envie d'entrer en sixième ?

– Oui oui, ai-je menti à nouveau.

Mes copines du club restaient muettes.

– Ne t'inquiète pas, ça arrivera très vite, m'a assuré Éléonore. Nous aussi, on était impatientes que le CM2 se termine !

– Ah bon ?

Moi, je ne me sentais pas du tout impatiente, encore moins depuis que j'avais visité le collège. J'avais la tête qui tournait et les lèvres qui tremblaient. Continuer la conversation avec Éléonore et ses copines était au-dessus de mes forces. Heureusement Kenza a parlé à ma place :

– On a hâte de vous rejoindre, ça va nous changer la vie ! s'est-elle exclamée toute fière de discuter avec des sixièmes. Qu'est-ce qu'on s'ennuie à l'école avec les minus ! Ici je me sens comme chez moi ! C'est grand, on respire ! Et puis les salles sont modernes, même les WC sont sympas ! Vous avez de la chance.

Éléonore était toute contente de parler avec une CM2 admirative. Moi ce n'est plus mon cas, j'entends ses remarques depuis le début de l'année : « Nous les sixièmes… »,

« Oui mais en sixième, tu verras… » La sixième, la sixième, on n'allait pas en faire un plat ! À croire que tout à coup, parce qu'on est au collège, on devient quelqu'un d'autre !

Kenza était tellement fière de parler avec des collégiennes qu'au moment de partir elle leur a proposé :

– Vous viendrez à notre fête le 29 ? On serait contentes que des sixièmes passent nous voir.

– On verra, si on n'a rien d'autre à faire, a répondu Éléonore. Parce que bon, les fêtes de primaire c'est toujours un peu pareil !

Marie-Lou m'a glissé à l'oreille, en imitant Éléonore :

– Parce que nous en sixième, on ne fait plus de fêtes. On ne joue plus à chat glacé. Ni à la corde à sauter.

J'ai souri et j'ai renchéri :

– Nous en sixième, on écoute de la musique branchée. On s'écoute parler !

– Nous en sixième, on embrasse des garçons !

– Ah non, pas ça ! ai-je bondi en repensant aux avances de Diego.

On a enfin retrouvé notre école avec soulagement. Ici, le bâtiment était à taille humaine et on le connaissait comme notre poche. On était encore les plus grandes pendant quelques semaines, il fallait en profiter à fond. Nous en CM2, on a tout pour être heureux. Et pour notre kermesse de rêve, tous les espoirs étaient permis.

On n'est pas des quiches

Le lendemain de la réunion pour la kermesse, Athénaïs notre grande informatrice, celle qui sait tout sur la vie de l'école puisque sa mère est déléguée de parents d'élèves, s'est précipitée vers nous pour nous faire le compte-rendu.

– Vous voulez une bonne nouvelle ? s'est-elle écriée. Je n'étais pas au courant des décisions prises à la réunion parce que mon père n'avait pas pu y assister.

Athénaïs a expliqué :

– Cette année, les CM2 peuvent s'inscrire pour organiser un stand, accompagnés d'un parent ! Le thème, c'est le sport. On va organiser les stands ensemble en classe tout à l'heure.

– Ensemble ? s'est écriée Emma G.

– Avec les garçons ? a ajouté Emma M.

– C'est impossible de faire quoi que ce soit avec les garçons, a déclaré Zoé, ils ne sont jamais d'accord avec nous.

– Qu'est-ce qu'on doit faire avec les garçons ? a demandé Marie-Lou étonnée.

Il faut avouer que les garçons de notre classe imaginent qu'ils vivent sur une île déserte et que les filles n'existent pas. Pourtant, on avait fait des efforts pour s'intégrer. On avait essayé de participer à leurs tournois de ping-pong, à leurs matchs de foot et à leurs chats glacés.

Mais ils y mettaient de la mauvaise volonté : ils smashaient comme des fous au ping-pong pour nous éliminer, ils ne nous passaient jamais le ballon au foot et ils hurlaient quand on ratait un but « Tu es nulle ou quoi ! » (oui je suis nulle et alors, c'est un jeu, non ?), ils soupiraient quand une fille rejoignait leur équipe et chuchotaient « Oh non, pas elle ! » surtout quand c'était Charlotte.

On avait aussi tenté plusieurs fois de manger avec eux à la cantine. Mais dès qu'on s'installait à leur table, ils faisaient une tête d'endive, ne prononçaient pas un mot du repas et parfois ils s'exilaient discrètement à une autre table pour rester entre copains.

Alors s'arranger avec eux pour organiser les stands de la kermesse, j'étais du même avis que mes copines, c'était mission impossible.

Dès qu'on est entrés en classe, Mme Sanchez a annoncé :

– Lors de la réunion pour la kermesse, nous avons finalement décidé d'adopter la bonne idée des garçons.

On s'est lancé un coup d'œil amusé avec mes copines : une bonne idée de garçon, c'est possible ?

La maîtresse a poursuivi :

– Cette année, les CM2 pourront proposer des stands et les organiser avec l'aide d'un parent.

– Ce n'est pas une idée de garçon ! a soufflé Emma G.

– C'est vrai, ce n'est pas une idée de garçon, a répété Emma M.

– Qui nous a piqué l'idée ? a interrogé Nora.

J'ai fixé Antoine et Wang, les seuls à connaître notre projet. Mais leurs visages n'ont trahi aucune émotion et je n'ai pas vu le moindre sourire microscopique sur leurs lèvres. Alors qui nous avait piqué l'idée ?

– On n'avait pas eu la même idée avec Kenza ? m'a demandé Marie-Lou avec un peu de retard.

Je n'ai pas eu le temps de me tourner vers Kenza pour voir sa réaction. Elle s'était déjà levée, rouge de rage, suivie de ses copines, et a rugi en pointant son index sur son tee-shirt Hello Kitty :

– C'est une bonne idée de fille puisque c'est moi qui l'ai eue !

– C'est vrai madame, c'est Kenza qui l'a eue, a confirmé Selma.

– On est toutes témoins ! a ajouté Maé.

Mais comme Kenza venait d'être changée de place parce qu'elle n'arrêtait pas de discuter avec Athénaïs, la maîtresse a répliqué :

– Peu importe. Asseyez-vous ! Nous allons chercher ensemble des idées de stands de sport puisque ce sera le thème de notre kermesse cette année.

Yanis a dit sans lever le doigt :

– Un match de foot, obligé !

– Et un tournoi de ping-pong ! a ajouté Romain comme si c'était une évidence pour tout le monde.

Kenza a soupiré, la tête posée sur sa main :

– Comme tous les jours à la récré ! Aucune imagination, les garçons !

– Un stand de sumos ! a proposé Diego.

La maîtresse a écrit « Sumos » sur le panneau et elle a inscrit Diego et ses copains pour s'en occuper.

Puis voyant que les filles ne donnaient pas beaucoup d'idées, elle a proposé :

– On peut réserver le stand des Jeux Olympiques aux filles. Qui est intéressée ?

Toutes les filles ont levé le doigt d'un coup. La maîtresse a déclaré :

– Vous êtes trop nombreuses, ce n'est pas possible.

Des doigts se sont baissés et bientôt il n'est plus resté que mes copines du club et celles de Kenza. Comme personne ne voulait céder, la maîtresse a laissé la case blanche et a poursuivi :

– Le parcours aventure, c'est pour qui ?

Les jumeaux, Léo et Lucas, se sont inscrits.

Puis Antoine et Wang ont demandé à organiser un stand d'échecs.

– Les échecs, un sport ! s'est esclaffée Kenza en jetant brusquement le stylo qu'elle avait à la main sur sa table.

– Bien sûr, c'est un sport, a répondu Antoine sans se démonter mais le visage cramoisi jusqu'au premier bouton de sa chemise. C'est un sport cérébral mais c'est un sport.

– Il y a deux équipes, comme dans beaucoup de sports, a ajouté Wang, il y a un combat, un nombre infini de stratégies, des techniques d'ouvertures…

– C'est bon, c'est bon, j'ai déjà mal à la tête ! a répliqué Kenza. Faites votre stand si ça vous chante ! On vous enverra les pom-pom girls pour vous soutenir !

On a rigolé et la maîtresse a noté leur idée de stand.

Athénaïs et sa copine Inès étaient d'accord pour s'occuper du stand Oulaoup. Il ne restait que nous et la bande de Kenza qui n'étions pas inscrites. Juste avant que la sonnerie de la cantine retentisse, Kenza a déclaré :

– OK, prenez les JO, on s'occupe du relais.

On s'est regardées avec mes copines, elles étaient super contentes. Moi j'étais un peu gênée pour Kenza maintenant.

– On peut faire moitié-moitié, ai-je proposé. On prend la première partie et vous prenez la deuxième partie.

– Pas question ! a murmuré Emma G. Je ne partage rien du tout !

– Non non, a rétorqué Kenza, prenez les Jeux olympiques, ça ira très bien pour nous.

– Mais non, je…

Je n'ai pas eu le temps de finir ma phrase, la maîtresse nous a ordonné de sortir. Je suis restée pour nous inscrire sur le panneau dans la case des JO.

Mme Sanchez a demandé à Marie-Lou de réaliser l'affiche et elle nous a confié le panneau du planning de la kermesse. On devait l'accrocher dans le préau à côté de la porte pour que les parents s'inscrivent.

J'ai inscrit d'office mon père sur notre stand. Son projet guitare n'avait pas avancé d'une note et j'avais l'espoir que, s'il participait au stand JO, il oublierait son rêve de devenir une star. Je n'avais même pas montré le mot qu'il avait écrit à la maîtresse dans le carnet de correspondance :

Je me tiens à votre disposition pour tenir un stand de musique et pour chanter accompagné d'une guitare.

Il me restait encore quelques jours pour le démotiver même si Marie-Lou était sûre que mon père en concert ce serait très rigolo. Elle confond souvent rigolo et ridicule.

L'après-midi au gymnase, alors qu'on mettait nos tenues de sport pour jouer au basket, Athénaïs, qui est une bonne espionne, s'est approchée de nous. Elle a coincé son ballon entre ses jambes, resserré sa queue de cheval, et elle a soufflé :

– J'ai entendu les garçons parler dans les vestiaires. Vous savez ce qu'ils disaient ?

– Qu'on est les meilleures, non ? a rigolé Kenza.

– Non, ils ont dit que les filles sont des bouses en sport.

On a sursauté et on a répété en chœur :

– Des bouses ?

– Charlotte est trop grosse pour courir, Kenza ne rattrape jamais une balle, Camille n'a pas de réflexes. Ils disent aussi que les filles pourraient se contenter de faire des quiches pour la kermesse.

On a toutes bondi et on a répété :

– Des quiches ?

– Des quiches, c'est ce que j'ai entendu à l'instant : « Les filles, elles devraient se contenter de préparer des quiches et des gâteaux pour la kermesse. »

– Alors là, ça ne se passera pas comme ça ! a grincé Kenza. Ils vont voir ce qu'ils vont voir ! On va s'en occuper comme des pros de nos stands ! Et on leur fera des quiches spéciales, avec beaucoup de poivre et du piment dedans ! C'est qui les reines de la fête ?

Et on a toutes hurlé :

– C'est nous !

Panique au planning

Le lundi matin en arrivant à l'école, j'ai à peine posé un pied dans la cour que mes copines m'ont assaillie.

– Qu'est-ce qui s'est passé, tu as oublié de nous inscrire sur le stand des JO ? Il ne reste que des stands à deux ou trois personnes, on va se retrouver séparées par ta faute !

– Comment ça ? ai-je demandé étonnée. Je suis sûre d'avoir mis nos noms dans la case !

Je me suis dirigée vers le préau pour vérifier. Mes copines avaient raison. Sur le planning des stands, dans la colonne des JO, les prénoms de Kenza, Jade, Maé et Selma s'étalaient en grosses lettres.

Pourtant, j'étais absolument sûre de nous avoir inscrites. Je m'en souvenais précisément puisque, pour ne vexer personne, j'avais noté les prénoms de mes copines par ordre alphabétique en me plaçant en dernier.

J'ai bredouillé :

– Je ne comprends pas... pourtant je... c'est sûr...

Mes copines ne disaient rien mais je voyais bien qu'elles étaient très déçues et qu'elles me tenaient pour responsable.

Et soudain, sous le prénom de Kenza, j'ai aperçu la trace de mon prénom. Je me suis retournée vers mes copines et je me suis écriée :

– On nous a effacées du planning ! Quelqu'un nous a effacées !

Elles se sont approchées de près.

– On voit encore les lettres en dessous ! a rugi Emma G.

– C'est vrai, on voit les lettres, a ajouté en écho Emma M.

– Les lettres de quoi ? a demandé Marie-Lou. Ah oui, de nos prénoms !

– Il a dû y avoir un problème, a suggéré Zoé qui refuse de voir la méchanceté.

– Ou quelqu'un nous veut du mal, a poursuivi Nora. Quelqu'un veut la mort du club des super pipelettes !

– Arrête, ça me coupe l'appétit ! s'est écriée Charlotte en rangeant dans sa poche le Twix qu'elle s'apprêtait à dévorer.

J'ai étouffé un cri derrière ma main et j'ai soufflé :

– Kenza, j'espère que ce n'est pas elle !

Mes copines ont eu la même réaction que moi :

– Oh non, pas elle ! s'est écriée Zoé. Ce n'est pas possible !

– Si ça recommence, ce sera l'enfer ! a lancé Nora.

– On n'avait plus que deux semaines avant les vacances ! s'est exclamée Emma G.

– Deux semaines et on était sauvées ! a renchéri Emma M.

– Ah oui, c'est vrai, c'est déjà les grandes vacances dans deux semaines ! s'est exclamée Marie-Lou qui avait l'air d'être sur une autre planète.

J'avais reconnu l'écriture de Kenza dès la première seconde mais je n'avais pas voulu y croire. Quel gâchis ! On s'entendait bien maintenant, pourquoi nous aurait-elle fait ce coup-là ? Une explication pacifique était nécessaire. Surtout il ne fallait pas que je m'énerve et que je l'accuse sans preuves.

On s'est dirigées vers Kenza, Selma, Maé et Jade qui discutaient près des toilettes.

– Alors comme ça, on s'amuse à effacer le nom de ses copines sur le planning ! me suis-je écriée en fixant Kenza droit dans les yeux.

– Effacer quoi ? On n'a jamais rien effacé, nous ! a rétorqué Kenza l'air ahurie.

J'ai remonté mes lunettes qui glissaient sur mon nez et j'ai poursuivi :

– On était inscrites au stand des JO. Ce n'est pas vous qui nous avez effacées et qui vous êtes mises à notre place ?

– Pas du tout, la case était vide quand on s'est inscrites.

Ses copines ont approuvé : « Complètement vide », « Vide de chez vide ».

– J'étais sûre que ce n'était pas vous ! ai-je menti, soulagée par la bonne nouvelle.

– C'est vrai, on était étonnées de trouver encore de la place aux JO alors que vous aviez l'air de vouloir les organiser, a déclaré Kenza.

J'ai réfléchi et je me suis dit que Kenza et ses copines n'étaient pas assez bêtes pour nous piquer notre place alors qu'elles seraient les premières accusées.

– Désolée, j'ai dit. On ne voulait pas…

– Vous voulez prendre notre place ? m'a interrompue Kenza. Tant pis, on ne participera pas.

– Non non, restez.

– Mais si, mais si.

– Mais non, mais non.

– Et si on tenait le stand ensemble ? Ce serait plus sympa ! a-t-elle proposé.

On a trouvé l'idée super, même Emma G qui pourtant n'aime pas partager. On s'est précipitées dans le préau précédées par Kenza et sa bande et on a ajouté nos prénoms à côté des leurs.

– Mais alors, qui a effacé nos noms sur le planning ? ai-je demandé.

Kenza a répliqué l'air sûre d'elle :

– Suivez mon regard…

Diego et ses copains ! Et dire qu'on ne les avait pas soupçonnés une seconde !

– C'est pas vrai ! s'est écriée Emma G entre ses dents. Je suis dégoûtée d'eux définitivement !

– Moi, je ne leur adresse plus la parole de toute ma vie, a poursuivi Emma M.

– Ils peuvent toujours me supplier à genoux, je ne leur donnerai pas une seule miette de Twix ! s'est exclamée Charlotte.

– Il faut vérifier, a suggéré Zoé. On devrait aller leur en parler.

Après une seconde de silence, Kenza s'est tournée vers Charlotte et lui a demandé :

– Tu disais quoi ? Tu as un Twix ?

Charlotte a sorti de sa poche un centimètre carré d'emballage doré. On a souri, très intéressées. On a chacune croqué dans son Twix, Kenza et ses copines aussi. Et ce Twix de l'amitié a scellé notre réconciliation.

Vite, l'affiche

Quinze jours avant la kermesse, Marie-Lou n'avait toujours pas rapporté l'affiche que la maîtresse lui avait commandée. Ma copine est très douée en arts plastiques mais elle est moins douée en ponctualité.

J'ai commencé à m'inquiéter lorsque ma voisine Éléonore m'a demandé :

– Je suis passée devant l'école ce matin, il n'y avait même pas d'affiche pour la kermesse, elle est annulée ?

J'ai enfilé mes rollers, accroché mes protections et je suis allée chez Marie-Lou pour m'assurer que l'affiche était terminée comme elle l'avait promis. Marie-Lou, je la connais par cœur. Elle était capable de nous dire que son affiche était prête alors qu'elle jetait ses esquisses à la poubelle depuis des jours, sans oser nous avouer qu'elle avait besoin de conseils et d'encouragement.

J'ai poussé la porte de sa chambre bloquée par ses rollers et je suis entrée.

J'ai failli m'évanouir. On aurait dit qu'un tremblement de terre avait renversé le placard.

Par terre, allongée au milieu du bazar, Marie-Lou finissait de colorier notre affiche.

– Il n'y a plus que le texte à écrire. Regarde ! a-t-elle lancé sans se retourner.

L'affiche était si réussie que je ne voyais même plus le bazar. Marie-Lou avait dessiné un stade avec les anneaux des JO dans le ciel.

Des élèves étaient dans les starting-blocks. D'autres mangeaient des barbes à papa ou jouaient au ballon. Je me suis même reconnue dans la fille avec les lunettes au premier plan qui tendait son pouce pour dire : « C'est super ! »

– Un vrai chef-d'œuvre ! me suis-je exclamée.

Je comprenais maintenant pourquoi Marie-Lou avait mis autant de temps à la réaliser.

– Bon, je me dépêche de finir et on va faire un tour de rollers, d'acc ? m'a-t-elle proposé. Où est passé mon stylo doré ?

Elle a soulevé une pile de bandes dessinées au pied de son lit, un documentaire sur le Canada, un magazine recouvert d'une peau de banane séchée.

– Ah, le voilà ! s'est-elle écriée.

Elle s'est appliquée à dessiner de belles lettres. J'étais rassurée. Lundi, l'affiche serait sur le panneau devant l'école.

– Au fait, il faudra que je te dise un truc, m'a lancé Marie-Lou.

– Termine d'abord ton affiche. On discutera après.

Pour ne pas la déconcentrer, j'ai rangé sa chambre. J'ai jeté la peau de banane dans la poubelle pleine à ras bord. J'ai fait une pile avec ses livres que j'ai glissée dans sa table de nuit. J'ai ramassé les vêtements en boule et je les ai étendus sur la chaise de bureau. J'ai rassemblé des fèves, une gomme, un porte-clés, des fils à scoubidous. J'étais en train de feuilleter son livre sur le Canada quand, soudain, Marie-Lou s'est écriée :

– Terminé ! On y va ? J'y ai passé du temps, je ne la recommencerai pas ! s'est-elle exclamée en mettant ses rollers.

On s'apprêtait à sortir de la chambre quand, au moment de fermer la porte, je me suis arrêtée net en relisant le texte écrit en gros sur l'affiche. J'ai enlevé mes lunettes et j'ai cligné plusieurs fois des paupières pour être sûre de ce que je lisais.

– Alors tu viens ? s'est impatientée Marie-Lou.

– Qu'est-ce que tu as écrit ici ?

– « Venez nombreux à la kermesse », pourquoi ? C'est bien ce qu'on avait prévu, non ?

– Ton M de kermesse, c'est un F ! Tu as écrit : « Venez nombreux à la kerfesse » !

– Ah oui tiens, oups, pas fait exprès…

Et elle a éclaté de rire.

C'est tout ce qu'elle trouvait comme excuse : « Oups pas fait exprès… » Mais pour qui on allait passer auprès de Kenza, des garçons, d'Éléonore, des maîtresses, de la directrice et de toute l'école ?

– Comment tu vas faire s'il faut tout recommencer depuis le début ? Tu n'auras jamais fini pour demain matin !

Elle a regardé en l'air en posant son index sur la bouche et elle a répondu :

– Je barre le F et je mets un M au-dessus.

– Surtout pas ! Ça sera pire !

– Quoi ? Tu veux qu'on le laisse ? Remarque, c'est comique kerfesse !

– Marie-Lou, c'est grave. C'est notre dernière kermesse avant le collège et ça peut tout gâcher.

À l'idée qu'à elle seule elle pouvait gâcher la fête, elle a retrouvé son sérieux et je l'ai aidée à transformer son F en M. On a dessiné une petite fleur pour cacher la barre du haut. Elle était discrète mais j'étais sûre que tout le monde se douterait qu'elle cachait quelque chose.

J'ai relu trois fois le nom de l'école, la date, l'heure et le thème pour vérifier qu'il n'y avait aucune faute et je lui ai proposé :

– Si tu veux, j'emporte l'affiche chez moi. Je l'apporterai demain matin à l'école.

– Ce sera toujours ça de moins comme bazar dans ma chambre ! s'est-elle exclamée.

L'affiche pour notre kermesse était sauvée, mais il restait à organiser notre stand JO. Et on avait du travail. Pourvu que tout se passe bien avec Kenza !

Prêtes pour les JO ?

Il ne nous restait plus beaucoup de temps pour organiser notre stand et j'avais promis à papa qu'on s'occupait de tout. Le mercredi après-midi, dix jours avant la kermesse, on s'est donné rendez-vous à 15 heures à la médiathèque. Toutes les filles responsables du stand devaient être présentes pour se mettre d'accord sur les épreuves.

Mes copines étaient à l'heure. On s'est installées à la grande table comme prévu. On a sorti nos feuilles et nos stylos et on a attendu Kenza et ses copines.

À 15 h 15, Emma G a chuchoté :

– Qu'est-ce qu'elles font ? Si c'est comme ça, je rentre chez moi !

Emma a l'habitude de lancer des menaces qu'elle n'applique jamais.

À 15 h 20, Zoé, qui était la seule à avoir un portable, est sortie dans le hall pour appeler chez Kenza mais personne ne répondait.

Pendant ce temps, je m'éventais avec mes petites fiches, Charlotte piochait des Dragibus dans sa poche, Marie-Lou faisait des tresses sur ses mèches de devant, Emma M se rongeait les ongles, Emma G poussait de gros soupirs et Nora dessinait un poney.

À 15 h 30, Zoé est ressortie appeler Kenza. Elle est revenue et nous a expliqué :

– J'ai eu la grande sœur de Kenza. Elle m'a dit que Kenza et ses copines étaient à la piscine et qu'elles avaient dû oublier notre rendez-vous.

– Oublier notre rendez-vous ? s'est étranglée Emma G. Moi aussi je serais bien allée à la piscine !

– Et moi j'aurais bien fait ma tarte au Nutella !

– Et moi je devais aller à mon club d'équitation !

– Et moi j'aurais bien aimé continuer mon bracelet brésilien !

La dame de la médiathèque nous a jeté un regard noir. J'ai essayé de calmer mes copines, ce n'était pas le moment qu'on se fâche avec Kenza ni qu'on se fasse renvoyer de la médiathèque.

– On en a parlé lundi mais on n'a pas confirmé hier ni aujourd'hui, c'est un peu normal qu'elle ait oublié.

– Ça va être notre faute ! a hurlé Emma G. Et nous, est-ce qu'on a oublié ? Même Marie-Lou n'a pas oublié !

– Quoi moi ? Qu'est-ce que j'ai fait ?

La dame de la médiathèque a grondé :

– Moins fort, s'il vous plaît.

J'ai murmuré :

– Marie-Lou n'a pas oublié parce que je suis passée la chercher.

J'ai pris une décision pour éviter qu'on se dispute :

– On va commencer et demain on leur demandera leur avis.

– Ah non, pas question de faire tout le travail à leur place ! a vociféré Emma G en rangeant ses affaires. Je rentre chez moi. À demain !

Et on s'est séparées à la sortie de la médiathèque, sous la pluie, en se disant à peine au revoir.

Le lendemain matin, dès que je suis arrivée à l'école, je me suis dirigée vers Kenza pour lui demander des explications :

– On vous a attendues hier après-midi !

Elle m'a dévisagée avec des yeux hagards. Elle n'avait pas l'air de voir de quoi je parlais. J'ai précisé :

– On avait rendez-vous à la médiathèque.

– Ah oui, tiens ! On a complètement oublié ! s'est-elle exclamée, amusée, sans s'excuser. De toute façon, on n'a pas vraiment d'idées. Vous pouvez décider, on vous fait confiance !

J'étais un peu énervée qu'elle ne prenne pas nos préparatifs plus au sérieux alors j'ai insisté pour qu'elles participent et j'ai fixé un nouveau rendez-vous de travail après la cantine. Au moins, j'étais sûre que tout le monde serait là.

Après la cantine, on s'est donc installées sur les marches du préau.

– Alors qu'est-ce que vous proposez comme activités pour notre stand JO ? ai-je demandé en sortant mes fiches et un stylo.

Mes copines ont donné plein d'idées... compliquées et irréalisables.

– On pourrait faire une épreuve de saut à la perche, a lancé Emma G.

– Des épreuves de natation à la piscine, a dit Zoé.

– Du cheval d'arçons au gymnase, a ajouté Nora.

– Impossible, la fête de l'école a lieu dans la cour de l'école, ai-je rétorqué.

– Bon alors, vous avez trouvé ? a demandé Kenza qui s'impatientait.

– On ne va pas mettre des heures à se décider, a maugréé Jade.

Elles n'arrêtaient pas de soupirer, de pouffer de rire et de jouer avec leurs bracelets.

À ce moment-là, Antoine et Wang sont passés près de nous et, voyant qu'on préparait notre stand JO, Antoine n'a pas pu s'empêcher d'intervenir. Il a déclaré d'une voix monocorde, comme s'il lisait la définition d'une encyclopédie :

– Dans la Grèce antique, les Jeux olympiques se tenaient à Olympie. Réservé aux hommes, le programme des compétitions comprenait des épreuves hippiques et des épreuves athlétiques comme le lancer du javelot ou la lutte. Les JO ont été rénovés par le baron Pierre de Coubertin en 1894. Depuis, les organisateurs n'ont pas cessé de les adapter aux changements sociaux et technologiques qui se produisaient dans le monde…

– Oui mais là on cherche des épreuves pour la kermesse et on n'a plus de temps, l'a interrompu Emma G alors qu'on commençait à s'endormir bercées par ses explications.

Seule Marie-Lou l'écoutait attentivement comme s'il récitait une jolie poésie.

Soudain, elle a eu l'éclair de génie qui nous a sauvées. Elle s'est écriée :

– La voilà notre idée ! Merci Antoine ! Puisque tu dis que les épreuves des JO n'ont pas cessé de changer depuis leur création, on va les adapter à notre école et à nos envies. Comme on est là pour s'amuser, je propose qu'on organise des JO rigolos !

– Des JO rigolos, très bonne idée ! s'est écriée Kenza en se levant. Bon, tu t'occupes de tout ça, Camille. Je te fais confiance. Qui veut faire un chat statue ?

– Mais on n'a pas... j'ai bredouillé.

Je n'avais pas terminé ma phrase que Kenza avait déjà filé, suivie par ses copines. On était tellement abasourdies qu'on n'a pas eu le temps de les retenir.

– On n'avait pas du tout terminé, a protesté Emma G. Moi aussi j'ai envie d'aller faire un chat statue !

– Moi aussi, a approuvé Emma M.

– Bon et vos idées pour le stand ? ai-je coupé.

Finalement, on a eu plein d'idées amusantes. Pour ne pas les oublier, je les ai notées sur mes fiches.

Sur la fiche rose, j'ai écrit :

ATHLÉTISME

Lancer de paire de chaussettes
dans un rond tracé au sol.
3 essais.

Course à reculons :
slalomer à reculons entre dix verres
en carton posés par terre
distants de 50 cm
sans les faire tomber.

Sur la fiche bleue :

NATATION

Attraper une pomme
dans une cuvette d'eau avec les dents.
Un verre en plastique rempli d'eau
sur le front, lever une jambe
sans le faire tomber
et compter jusqu'à 15.

Sur la fiche verte :

GYMNASTIQUE

Enchaîner deux galipettes sans
lâcher le ballon coincé entre les pieds.
Rester assis trente secondes
adossé contre un mur,
genoux pliés.

Sur la fiche jaune :

RÈGLEMENT

Trois enfants se présentent
chacun dans une discipline différente
pour concourir sous le même drapeau.
Cinq pays participent :
la France, le Brésil, la Chine,
l'Angleterre et l'Afrique du Sud.

Sur la fiche violette, j'ai noté :

MATÉRIEL À APPORTER
Gobelets en carton, bassine,
pommes, ballons...
MATÉRIEL À PRÉPARER
La flamme olympique, la banderole
du stand avec les anneaux,
les drapeaux des pays, les médailles...

On n'avait plus qu'à passer à la fabrication. On a interrompu Kenza et ses copines qui jouaient à chat statue et on leur a exposé notre projet. Elles étaient d'accord pour tout, même pour nous aider à la fabrication. Puis Kenza m'a touchée en criant « Statue ! », je me suis figée, mes fiches à la main, et mes copines se sont dispersées dans la cour pour échapper au chat-Kenza avant de venir me délivrer.

Classe bricolage

On n'a pas eu à prévoir un autre rendez-vous pour la fabrication. Le jeudi après-midi était consacré aux préparatifs des stands. Cette fois, Kenza et ses copines seraient obligées de participer.

On a regroupé les tables par stands et on a sorti notre matériel. Antoine et Wang étaient à côté de nous. On pensait qu'ils n'auraient pas besoin de beaucoup de matériel pour leur stand. On se trompait. Ils avaient apporté une table pliante et cinq grosses boîtes de Lego Star Wars pour fabriquer un jeu d'échecs avec les héros et les vaisseaux de leurs films préférés.

Diego et ses copains étaient installés à l'autre bout de la classe, on était bien tranquilles.

Kenza et ses copines étaient plus concentrées que pour l'organisation du stand. Il valait mieux, on n'avait pas de temps à perdre avec tout ce qu'on avait prévu de fabriquer.

– On commence par la flamme, a lancé Emma G qui aime bien prendre la direction des opérations.

– Facile, ça prendra deux minutes ! s'est exclamée Kenza.

Elle a découpé un morceau de carton en vitesse et elle a commencé à le colorier avec un gros feutre orange.

Mes copines l'ont regardée avec étonnement. Kenza ne se rendait pas compte qu'on voulait faire les choses bien et qu'on n'allait pas se contenter d'un morceau de carton colorié en orange.

Heureusement, Marie-Lou a eu l'idée d'utiliser un rouleau de carton dans lequel elle a collé du papier crépon pour représenter les flammes.

On était en train de chercher un système pour maintenir la flamme sur le socle quand Mme Delaporte s'est approchée de nous et a murmuré d'une voix plus douce que d'habitude :

– Pour fêter le départ à la retraite de madame Sanchez, nous aimerions préparer un stand surprise. Nous avons prévu un diaporama et un ensemble de sport comme cadeau parce que notre directrice a comme projet de s'inscrire à la gymnastique. Et nous avons pensé qu'une initiative de ses élèves lui ferait extrêmement plaisir.

– Euh... oui oui... pas de problème, j'ai bredouillé.

– Je compte sur vous.

Et elle est retournée à son bureau.

– C'est maintenant qu'elle nous prévient ! s'est exclamée Emma G.

– Qu'est-ce qu'on va bien pouvoir inventer pour ce stand surprise ? ai-je demandé.

J'ai vite sorti une petite fiche blanche pour noter nos idées.

– On lui écrit une chanson et on demande à ton père de nous accompagner à la guitare ? a suggéré Marie-Lou.

– Excellente idée, je n'y avais pas pensé ! ai-je rétorqué avec ironie.

– Il n'est quand même pas si nul que ça !

– C'est catastrophique.

Charlotte a proposé de faire un gâteau en forme d'école, Nora d'amener un poney sur le stand pour qu'elle fasse le tour de la cour au galop… Emma M n'avait pas d'idées.

– Moi, j'ai une bonne idée pour le stand surprise, a lancé Antoine qui avait entendu la demande de Mme Delaporte.

Les bonnes idées d'Antoine, on s'en méfiait mais on l'a quand même écouté.

Finalement, on l'a applaudi. C'était exactement ce qu'il nous fallait, une surprise facile à réaliser et qui plairait à Mme Sanchez, notre super maîtresse de notre super CM2.

Lorsqu'on a eu fini de régler les petits détails de notre stand surprise, on a commencé la fabrication des médailles. Kenza et ses copines avaient déserté la table et rigolaient de l'autre côté de la classe avec Diego et sa bande. En voyant Kenza enfiler un déguisement de sumo avec le gros ventre intégré, j'ai soudain réalisé qu'on n'avait pas pensé à nos tenues.

– On s'habille comment pour la kermesse ? ai-je demandé.

– En toge grecque, a lancé Emma G. Comme à l'époque !

– Bonne idée, a approuvé Emma M qui n'en avait aucune.

– Mais on n'aura jamais le temps d'en préparer ! s'est exclamée Zoé.

– Pas question que je mette mon costume de pom-pom girl, a déclaré Charlotte. Depuis l'anniversaire de Camille, il est trop petit.

Antoine qui nous écoutait avec attention a lancé avec sa voix d'encyclopédie :

– D'après les bas-reliefs de l'Antiquité, les arbitres portaient bien une toge, qui s'appelait un himation.

Finalement Wang nous a proposé :

– Habillez-vous en sportives !

– Super ! s'est-on écriées.

En fin d'après-midi, tout était prêt. Les drapeaux peints séchaient sur les grandes tables du préau, la banderole était enroulée sous la table à côté du carton, les médailles décorées avec des gommettes étaient dans le sac à main doré qu'avait apporté Zoé et la flamme olympique tenait sur son socle.

Il ne me restait plus qu'à convaincre mon père de renoncer à son concert.

Tentative de sabotage

J'avais tout essayé pour dissuader papa de chanter à la fête de l'école. Je lui avais répété :

– Le thème c'est le sport, pas la musique.

Et puis :

– Il faut s'inscrire aux stands proposés par les maîtresses, on ne peut pas proposer d'autres stands.

Et aussi :

– Personne parmi mes copines ne connaît tes chansons, en plus tu te trompes encore souvent.

Chaque matin avant de partir à l'école, je désaccordais sa guitare, mais chaque soir en rentrant il la réaccordait en cinq secondes et reprenait ses répétitions.

Papa était toujours aussi déterminé. Il chantonnait tout le temps, dans la voiture, sous la douche, en faisant la vaisselle, et il s'entraînait chaque soir à la guitare comme s'il préparait un concert au stade de France.

On en avait tous assez. Dès que papa s'installait sur le canapé avec sa guitare, Tom filait dans sa chambre et maman sortait du séjour et fermait la porte avec soin.

Il s'améliorait mais il y avait toujours trop de fausses notes et il chantait toujours trop fort. Comme il ne tenait pas compte de mes remarques, j'ai décidé d'adopter la méthode forte. Le sabotage devait être radical et définitif.

Quelques jours avant la kermesse, quand je suis rentrée de l'école, la maison était déserte et j'en ai profité pour ouvrir la boîte noire. J'ai sorti la guitare et je l'ai posée sur mes genoux. Ma main tremblait.

Courage Camille ! J'ai glissé les ciseaux sous les cordes.

Au moment où j'allais enfin les couper, la porte s'est ouverte et j'ai entendu papa s'exclamer :

– Tu t'intéresses à la guitare maintenant ?

J'ai eu le réflexe de dissimuler les ciseaux sous mes fesses. Il n'a rien vu. J'aurais bien aimé remettre la guitare dans son étui et courir me réfugier dans ma chambre mais la boîte était trop loin et je ne pouvais absolument pas me lever à cause des ciseaux.

Je savais ce qui m'attendait : la leçon de guitare. Papa l'a prise et s'est installé sur le tabouret. Je n'avais plus qu'à l'écouter.

– Je ne pensais pas que m'entendre jouer te donnerait envie. J'avais plutôt l'impression de t'ennuyer avec mes vieilles chansons.

– Euh… non non.

– Je vais t'apprendre quelques accords, a-t-il clamé ravi. Déjà tu dois connaître le nom des cordes : mi la ré sol si mi, répète avec moi.

J'ai répété pour ne pas éveiller ses soupçons tout en glissant discrètement les ciseaux dans la poche arrière de mon jean. Papa était tellement absorbé par sa nouvelle vocation de prof de guitare qu'il n'a rien vu. J'ai pris la guitare et j'ai reproduit les gestes qu'il m'indiquait. La pointe des ciseaux me piquait les fesses.

– Si tu t'entraînes un peu tous les jours, tu progresseras très vite, a-t-il assuré. Je te la prête, tu la prends quand tu veux.

– Oui oui, ai-je répondu en me levant.

– Tu peux même la garder dans ta chambre.

– D'accord.

– Moi tu sais, je n'ai pas beaucoup de temps pour jouer. Et ça me fait plaisir qu'elle serve. Tiens, écoute ça…

Pendant qu'il pataugeait pour retrouver la bossa nova qui avait séduit maman à l'époque, j'ai reculé à pas prudents en direction de la porte, une main sur la poche de mon jean.

Tout à coup, papa s'est arrêté de jouer et il a annoncé d'un ton grave :

– Écoute, Camille, je suis très embêté…

– Ah bon ?

Je me suis arrêtée net. D'habitude papa m'appelle Caillou. Quand il dit « Camille », c'est qu'il a une nouvelle grave à m'annoncer. Je m'attendais à tout, un divorce, un décès, le chômage.

– Je sais que tu vas m'en vouloir… a-t-il continué.

J'avais la gorge sèche et le souffle coupé. Qu'est-ce que j'allais apprendre d'horrible ?

Pourquoi tardait-il ? Où étaient les kleenex ?
– Voilà, je…
– Tu ?
– Je ne vais pas…
– Tu ne vas pas quoi ?
– … pouvoir tenir ma promesse.
– Quelle promesse ?

Il m'a regardée droit dans les yeux comme un petit garçon qui vient de faire une bêtise et il a déclaré :
– Pour la kermesse, je ne suis pas prêt.
– Ah… Ah bon ?
Je me suis retenue à la poignée de la porte pour ne pas sauter de joie et je me suis mordu les lèvres pour m'empêcher de sourire.
Il a poursuivi :
– Je sais que tu aurais été fière de voir ton père jouer et chanter à ta dernière kermesse.

Mais j'ai encore besoin de répéter pour retrouver mon niveau. Tu ne m'en veux pas si on reporte à l'année prochaine ?

– Pas de problèmes papa. C'est normal, tu n'as pas joué depuis longtemps.

Il y avait d'autant moins de problèmes qu'il n'y avait pas de kermesse en sixième.

Il a soupiré.

– Je suis content que tu ne le prennes pas trop mal. Et la directrice ne dira rien si j'annule mon stand à la dernière minute ?

– Mais non, au contraire, il y a trop de stands cette année !

Et surtout je n'avais pas montré à Mme Sanchez son mot dans le carnet de correspondance. Il n'y avait donc vraiment aucun problème.

– Merci, m'a lancé papa. Tu te souviens de celle-là ?

Il a commencé une chanson qu'on entonnait dans la voiture quand on était petits : *La maman des poissons* et on a hurlé en chœur.

Lorsque maman et Tom sont arrivés, ils nous ont observés avec des yeux écarquillés et ils se sont mis à chanter avec nous :

« – La maman des poissons, elle a l'œil tout rond

On ne la voit jamais froncer les sourcils

Ses petits l'aiment bien, elle est bien gentille

Et moi je l'aime bien avec du citron[1]. »

1. *La maman des poissons* (Boby Lapointe), © paroles de Boby Lapointe/Francis Dreyfus Music.

Cris et confettis

Le vendredi soir, après m'être mise en pyjama, j'ai ouvert mon cartable pour prendre mes petites fiches et les relire avant de me coucher. J'ai eu beau chercher, impossible de les retrouver. Paniquée, j'ai vidé mon cartable, secoué les livres et les cahiers, inspecté les pochettes. Toujours rien. Je me suis précipitée sur le téléphone pour prévenir Marie-Lou. J'ai lancé à toute vitesse :

– Je ne retrouve pas nos fiches, il va peut-être falloir annuler notre stand.

– Nos quiches ? Mais je croyais qu'on n'en faisait pas ! a-t-elle rétorqué.

– Nos fiches ! Celles où on a noté les épreuves. Elles ne sont pas dans mon cartable.

– Ah bon ? Tiens, je suis en train de lire un truc sur le Canada, tu savais que…

– Je les recommence ce soir, tant pis si j'en ai jusqu'à minuit.

– Ma pauvre !

– Et il faudrait qu'on se donne rendez-vous plus tôt demain matin pour que tu les relises et que tu me dises si je n'ai rien oublié.

– Plus tôt demain matin ?

– À 7 h 30 chez toi.

– Mais c'est très tôt 7 h 30 pour un samedi !

Décidément, Marie-Lou ne comprenait pas la gravité de la situation. J'ai déclaré :

– Je serai chez toi à 7 h 30 précises. Sois prête. Bonne nuit.

J'ai raccroché immédiatement pour ne pas lui laisser le choix et j'ai foncé à mon bureau.

Je recommençais à peine la première fiche quand le téléphone a sonné.

– Pas de panique pour les fiches, a dit Marie-Lou, elles sont dans mon cartable ! Je les ai ramassées avec mes affaires pendant la séance bricolage l'autre jour.

– C'est super, super, super ! Gros bisous et à demain. Fais de beaux rêves.

– T'inquiète pas pour moi ! Toi aussi, fais de beaux rêves !

On s'est échangé des bisous dans l'oreille et on a raccroché. J'étais soulagée. Mais je l'ai rappelée aussitôt pour lui conseiller de régler tout de suite son réveil et de préparer ses vêtements pour la kermesse. Elle était particulièrement tête-en-l'air en ce moment.

Le lendemain matin quand je me suis levée, il pleuvait. J'étais désespérée. On allait tous se retrouver sous le préau et on pouvait dire adieu à notre stand JO.

Au petit déjeuner, papa m'a lancé :

– Kermesse pluvieuse, kermesse heureuse !

– Super, on va pouvoir sauter dans les flaques d'eau ! s'est écrié Tom.

– Et puis au moins, on ne restera pas des heures, a lancé maman.

Je suis passée chercher Marie-Lou. Sur le chemin, elle s'est adressée directement au soleil pour qu'il apparaisse. Elle a levé les bras au ciel et a proclamé :

– Ô soleil !

Inonde de tes rayons le ciel
Caresse notre kermesse
De ta chaleur enchanteresse !

Elle a improvisé une danse du soleil en pleine rue. Tous les passants la regardaient avec amusement. Elle nous avait déjà fait son numéro en classe de neige et avait réussi à faire tomber les flocons. Une seconde fois, il ne fallait pas y compter mais on a bien rigolé.

Quand on est entrées dans la cour, la pluie a cessé et les nuages ont disparu pour laisser place au ciel bleu. Marie-Lou avait réussi !

On a préparé notre stand des JO avec nos copines. Kenza n'était pas encore arrivée, on était plus tranquilles.

Un peu avant dix heures, on est montées dans la classe pour enfiler nos tenues de sportives : shorts et rollers pour Marie-Lou et moi (mais on n'a pas mis les rollers tout de suite à cause des escaliers), tutu et chaussons roses pour Emma M, tenue d'équitation pour Nora, pom-pom girl pour Emma G, jupe de tennis pour Zoé, kimono de judo pour Charlotte.

Puis on s'est penchées à la fenêtre pour voir les premières familles arriver.

– Voilà, c'est la fin du CM2, a murmuré Marie-Lou d'un ton nostalgique.

Je pensais exactement à la même chose. Je l'ai prise par l'épaule.

Soudain, Kenza a déboulé dans la classe. Elle portait une combinaison à paillettes qui n'était pas très sportive mais qui lui allait très bien. Elle a hurlé :

– C'est qui les reines de la fête ?

– C'est nous ! a-t-on répondu ensemble.

Puis Kenza a aperçu Charlotte qui se démenait au fond de la classe.

– Qu'est-ce qu'elle fait ? s'est-elle étonnée.

– Il faut s'échauffer avant des épreuves sportives, a rétorqué Charlotte essoufflée et les joues rouges. Je ne tiens pas à avoir un malaise !

– Moi non plus ! a lancé Kenza en bondissant sur l'estrade et en s'improvisant prof de fitness.

On a suivi ses mouvements puis on a dévalé l'escalier, prêtes pour une kermesse sportive.

La cour était déjà bondée et la sono allumée. On est habitués en CM2. On sait que le dernier samedi du mois de juin, de dix heures à treize heures, la cour se transforme en gros bazar : des poussettes qui se bousculent, des ballons qui s'envolent, des CP qui courent partout, des sixièmes qui se promènent, des cris, des rires, des confettis… On ne reconnaît plus notre école.

Je glissais sur mes rollers, la main dans celle de Marie-Lou. L'école scintillait au soleil comme si on l'avait recouverte de paillettes.

Soudain, un énorme sumo a surgi.

– Venez, sumos et sumarines ! il a hurlé. Venez me défier sur notre stand !

On a fait signe que non. Le sumo m'a saisi le poignet et j'ai reconnu Diego. Il a insisté :

– Allez Camille, viens défier Romain, notre sumo-star !

J'ai couru me barricader dans les toilettes pour lui échapper.

J'en suis sortie tranquillement, persuadée qu'il avait abandonné l'idée de me faire concourir. Pas de chance, il était juste derrière la porte et se séchait les mains. Il a paru étonné de me voir.

– Ah tiens salut, ça va ? a-t-il questionné sur un ton poli et calme qui ne le caractérisait pas.

Je l'ai fixé avec des yeux ronds. Est-ce qu'il avait déjà oublié qu'on s'était vus trois minutes plus tôt sur son stand et qu'il avait insisté pour que j'enfile un costume de sumo ?

Il a reculé, son gros ventre en mousse m'empêchait d'accéder aux lavabos. Il a bu au robinet puis il s'est essuyé la bouche avec sa manche. Soudain, il m'a dévisagée d'un drôle d'air et m'a lancé en remettant son gros ventre d'aplomb :

– Tu as un cil sur la joue, fais un vœu.

– Moi ? Euh... je... pas de vœu...

– Tout le monde en a, cherche un peu.

J'en ai imaginé un pour lui faire plaisir : pars Diego, pars, pars.

– Ça y est ? a-t-il demandé. Ne me le dis surtout pas. Quelle joue ?

J'en ai montré une au hasard.

– Perdu, c'était l'autre ! Ton vœu ne se réalisera pas cette fois-ci.

Il a approché sa main de ma joue pour attraper le cil. J'ai reculé brusquement et je me suis cogné la tête contre l'essuie-main. J'étais coincée.

– Camille, je voulais te parler d'un truc sérieux.

– Je… euh… non, pas là…

Le son de ma voix faiblissait.

– C'est difficile pour moi… je suis timide, tu sais. Pourtant on se connaît bien maintenant. On a passé toute l'année l'un à côté de l'autre. Merci de m'avoir supporté.

– De rien.

– Je n'arrive pas à rester assis en classe, c'est mon problème. Voilà, tu vas rire mais je suis amoureux de…

– Amoureux ?

– De Kenza.

– Kenza ?

– Ne lui dis rien mais si tu pouvais t'arranger pour que je la voie un après-midi avant les vacances… Je sais que vous êtes copines.

– Kenza ? ai-je répété, hébétée.

Diego était amoureux de Kenza ? Et moi qui croyais qu'il était amoureux de moi ! J'étais à la fois soulagée et déçue. À cet instant, une voix bien connue a proclamé dans le micro :

– Mesdames, mesdemoiselles, messieurs, chers enfants, ne ratez surtout pas le super stand des Jeux Olympiques ! Les épreuves commencent maintenant. Venez vite ! On vous attend !

Je me suis précipitée le cœur battant vers mon stand.

Cérémonie d'ouverture

Mes copines étaient plantées devant notre stand et fixaient Kenza en silence. Debout sur un banc, un micro à la main, elle hurlait en secouant ses bracelets :

– Pour une kermesse inoubliable, ne ratez pas l'heure des JO ! Les inscriptions sont d'ores et déjà ouvertes.

– Mais on n'est pas prêtes ! ai-je soufflé à mes copines.

On s'est précipitées pour sortir le matériel et accueillir les participants.

– Pourquoi tu ne nous as pas attendues pour ouvrir le stand ? a demandé Emma G.

Mais Kenza ne lui a pas répondu, elle a continué :

– Allez venez, les garçons et les filles, les petits et les grands, venez participer à mon stand des JO, le stand le plus génial de la kermesse ! Je vous propose des compétitions originales d'athlétisme, de gymnastique et de natation. Avis aux amateurs ! Mes collaboratrices vous inscriront dans une équipe et prendront soin de vous.

Des CP et des CM1 sont arrivés assez nombreux pour concourir. Emma G s'est tournée vers nous et s'est écriée :

– Kenza n'a même pas participé aux préparatifs et maintenant elle se prend pour la chef du stand !

J'ai essayé de la calmer. Ce n'était pas le moment qu'on se dispute avec Kenza.

– Mais non, pas du tout. Et puis regarde, c'est efficace, il y a plein de monde sur le stand.

Kenza dansait maintenant sur le banc.

– C'est qui la reine de la fête ? elle a crié.

– C'est Kenza ! ont hurlé ses copines.

– C'est qui ?

– C'est Kenza ! ont hurlé les participants et les spectateurs en l'applaudissant.

Mes copines et moi nous n'avons pas bougé d'un pouce.

Celle qui se prenait pour la reine de la fête a sauté du banc et a commencé à nous donner des ordres.

– Hop hop hop, toi tu fais les équipes, toi tu prends le sifflet, toi le chrono, toi tu gères le matériel, toi, tu…

Comme elle trouvait qu'on n'allait pas assez vite, elle a commencé à s'énerver :

– Allez Marie-Lou, réveille-toi ! C'est fini la grasse matinée ! Bon Charlotte, tu as de la barbe à papa à la place du cerveau ? Emma Martin, quand on n'a pas d'idées, il vaut mieux se taire ! Emma Garcia, tu rêves encore au trampoline géant que tu voulais mettre dans la cour ?

– Pas un trampoline, une structure gonflable, a précisé Emma G.

– C'est pareil ! Eh Nora, arrête de me regarder avec ces yeux de poney idiot ! Zoé, si tu n'as jamais organisé de kermesse, tu peux rester assise.

Elle faisait rire tout le monde sauf nous. Elle a annoncé la composition des équipes puis elle a brandi la flamme en carton et elle a crié dans le micro :

– Nous déclarons les JO ouverts !

Les équipes ont défilé dans la cour avec leur drapeau sous les applaudissements. C'est alors que je me suis aperçue qu'il y avait un problème.

J'ai murmuré à l'oreille de Kenza :

– Il y a un problème dans la composition des équipes. Trois CP pour la France et trois CM1 pour le Brésil, ce n'est pas équitable.

Elle a rigolé comme si j'avais dit un truc drôle mais elle n'a pas tenu compte de ma remarque.

– Trop tard, on a déjà commencé !

Comme on était déjà assez nombreuses sur le stand, papa qui venait d'arriver sans sa guitare m'a lancé :

– Je vois que vous vous débrouillez bien, je vous laisse cinq minutes, il n'y a personne à la sono. Si vous avez besoin de moi…

Et puis Emma G m'a dit :

– Avec Emma, on va aider les maîtresses à la vente des tickets.

– Moi je rejoins l'équipe de la buvette, a clamé Charlotte.

Nora est partie au ping-pong, Zoé au maquillage et on est restées seules, Marie-Lou et moi, avec Kenza et ses copines.

La première épreuve de gymnastique ne s'est pas très bien déroulée. Deux petits CP qui n'arrivaient pas à faire la galipette avec le ballon coincé entre les jambes se sont mis à pleurer. J'ai répété à Kenza :

– Les équipes ne sont vraiment pas équitables et…

– Et quoi ? Tu veux t'en occuper ? C'est ça, tu veux refaire les équipes ? Tu veux être la chef du stand JO ?

– Mais non, je…

– Si c'est comme ça, ciao, débrouillez-vous le club des super pipelettes super simplettes !

– De qui elle parle ? s'est étonnée Marie-Lou.

– De toi ! s'est écriée Kenza. Venez, les filles, on va s'amuser ailleurs ! Les JO, c'est nul !

Même ses copines n'ont pas compris pourquoi elle s'énervait tout à coup mais elles l'ont suivie comme des moutons.

On n'était plus que deux pour assurer l'animation du stand et on ne pouvait pas l'abandonner pour appeler nos copines à l'aide. Les candidats trépignaient d'impatience.

Soudain, mes copines précédées d'Athénaïs ont accouru vers moi, affolées.

– Ton père va faire un concert sur les marches du préau ! m'a lancé Athénaïs.

– Quoi ? Mais non c'est impossible, il n'a pas apporté sa guitare ! ai-je répliqué.

– Il a dit qu'il allait juste chanter, a précisé Emma G.

– Sans sa guitare mais avec le micro, a ajouté Emma M.

– On file l'applaudir ! s'est exclamée Charlotte.

Et elles se sont dispersées dans la cour.

J'ai à peine eu le temps de me tourner vers le préau que la voix de papa retentissait dans les haut-parleurs. Je me suis réfugiée au fond du stand pour que personne ne me voie.

Il n'a chanté qu'une chanson mais j'ai cru qu'il en avait chanté dix tellement les secondes se sont écoulées lentement.

Quand je suis sortie de ma cachette, c'était la panique sur le stand. Des enfants sautaient sur nos tapis, d'autres jonglaient avec nos paires de chaussettes… Il était temps de reprendre les JO en main !

Sauvées !

Pendant que Kenza et ses copines se promenaient dans la cour, Marie-Lou et moi avons refait les équipes et recommencé les JO à zéro.

– Parés pour les qualifications ? ai-je demandé en reprenant les expressions que j'avais notées sur ma fiche.

Et les épreuves ont réellement commencé.

Les participants étaient nombreux et pas très sages. Les CP n'écoutaient pas, les CM1 ne voulaient pas de petits dans leur équipe, les parents traversaient notre parcours.

Bientôt, j'ai commencé à transpirer et à trembler. On n'allait jamais s'en sortir toutes seules. J'étais sur le point de proposer à Marie-Lou d'afficher un panneau *Fermé* sur le stand quand maman est arrivée avec mon frère et m'a demandé :

– Vous n'êtes que toutes les deux pour ce stand ? Vous avez besoin d'aide ?

Maman ! Notre sauveuse ! Je me suis jetée dans ses bras, soulagée, et, sans perdre de temps, j'ai crié à Marie-Lou :

– On est sauvées ! Ma mère vient nous aider !

Elle m'a répondu :

– La mienne aussi !

Nos mères ont posé leurs affaires, on leur a expliqué le déroulement des épreuves et, toutes contentes, elles ont pris la suite des opérations.

J'étais en train de remettre la médaille d'or du meilleur lanceur de chaussettes quand Éléonore est arrivée avec deux de ses copines du collège. Elles étaient habillées presque pareil avec un pantalon moulant, elles avaient mis le même vernis à ongles et portaient les mêmes bracelets fluo. J'ai fait semblant de ne pas la voir mais elle m'a appelée :

– Camille ! Hou hou ! On est là !

Je lui ai adressé un rapide coucou de la main. Je n'avais pas le temps de m'attarder, j'avais encore deux CP à décorer. Elle a poursuivi :

– Elle nous paraît toute petite notre vieille école maintenant ! Nous, au collège…

– Éléonore, aide-nous au lieu de parler, l'ai-je interrompue. Il y a encore les médailles d'argent et de bronze à remettre aux gagnants.

– Aucun problème ! s'est-elle écriée.

Nos nouvelles animatrices se sont précipitées vers les vainqueurs en criant :

– Place aux champions !

À la fin des épreuves, les participants étaient très fiers de leurs médailles et on a été applaudies. Notre stand était un vrai succès et Kenza n'était pas là pour en profiter.

Comme les épreuves étaient terminées, Marie-Lou et moi sommes parties admirer Athénaïs au oulaoup. Quand elle nous a aperçues, elle s'est jetée sur nous pour nous dire à voix basse :

– J'ai des infos, les filles !

– Des infos ? ai-je répété.

– Oui. Vous voulez savoir qui a piqué votre idée pour l'organisation des stands de la kermesse ?

– Bof, a répondu Marie-Lou en lui empruntant son cerceau.

– Si, vas-y, ça m'intéresse, ai-je repris.

– Antoine et Wang !

Elle a attendu trois secondes, le temps de savourer son petit effet. J'étais étonnée parce que je les avais bien observés le jour où la maîtresse avait annoncé la nouvelle et leurs visages n'avaient trahi aucune émotion.

– Et tu veux peut-être savoir quelles sont mes sources ? a poursuivi Athénaïs pendant que ma copine laissait tomber le cerceau pour la troisième fois. Pendant l'installation de leur stand tout à l'heure, ils ont remercié leurs parents d'être intervenus à la réunion préparatoire pour proposer leur projet. Voilà, vous savez tout maintenant ! À plus tard !

Elle a récupéré son cerceau et a recommencé son numéro en frappant dans les mains pour attirer la foule. Marie-Lou et moi nous sommes dirigées vers le stand de nos deux joueurs d'échecs. J'étais bien décidée à leur demander des comptes.

Wang et Antoine, qui avait entamé une partie, nous ont présenté la table d'échecs spécial camping qu'ils avaient fabriquée, avec un tiroir de chaque côté pour ranger les pièces et un tapis imperméable en cas de pluie, fixé à la table en cas de vent.

– Vous voulez faire une partie ? a proposé Antoine.

– On ne sait pas jouer, a répondu Marie-Lou, et ça a l'air trop compliqué.

– Et puis on voulait surtout savoir ce qui vous a pris d'utiliser notre idée pour la kermesse sans nous prévenir, ai-je lancé.

– Ce n'était pas votre idée, c'était celle de Kenza, a répliqué Antoine.

Et ils ont repris leur partie comme si je n'avais rien dit.

Après tout, il avait raison. On n'allait pas perdre notre temps. C'était notre dernière kermesse et il fallait en profiter.

Et puis Mme Delaporte s'est approchée, les bras chargés de boissons, et nous a annoncé :

– Le stand surprise va bientôt ouvrir ! On vous attend.

– Déjà ?

– On a quand même le temps de manger une gaufre ? a demandé Marie-Lou.

On a foncé au stand de gaufres où Charlotte avait passé toute la matinée.

Attention, ça va chauffer

On a retrouvé nos copines du club et on leur a raconté comment on s'était retrouvées seules après leur départ, abandonnées par Kenza et sa bande.

Elles étaient effarées et elles ont juré de ne plus leur adresser un mot jusqu'aux vacances. Du coup, on a préféré garder la trahison d'Antoine et Wang secrète, on n'avait pas envie, en plus, de se fâcher avec eux.

Athénaïs est venue vers nous pendant qu'on achetait des gaufres à la chantilly. Elle a déclaré en faisant tourner son cerceau autour de sa taille :

– C'est Kenza qui vous a effacées sur le planning de la kermesse. Je les ai entendues se vanter quand elles étaient à mon stand.

On s'est regardées, Marie-Lou et moi. Décidément, c'était la journée des révélations !

– C'est pas vrai ! s'est écriée Emma G.

– Elle a même dit que ça n'avait pas été difficile de vous faire croire que c'était les garçons parce que vous êtes trop naïves.

– Naïves, nous ?

C'était le mot de trop. On est restées figées, incapables de réagir.

– À votre place, je n'aurais pas aimé non plus, a ajouté Athénaïs. Mais ce n'est pas à la fin de l'année qu'on va la changer, Kenza…

Ma gaufre à la chantilly à la main, suivie par mes copines du club, j'ai filé en direction du stand de sumos où se trouvaient à présent Kenza et ses copines.

– Kenza ! ai-je soufflé les dents serrées.

Kenza s'est retournée. Elle avait un œil caché par sa frange sur le côté.

– Tiens, c'est pour moi cette gaufre à la chantilly ? a-t-elle plaisanté. Merci !

J'ai essayé de rester calme :

– Kenza, ce n'est pas sympa de nous avoir effacées du planning. Il suffisait de nous dire que vous vouliez participer. On vous aurait inscrites.

Elle a souri du coin des lèvres, un peu gênée, mais elle n'a rien répondu.

– Si c'est juste parce que vous vouliez être les chefs du stand, c'est complètement nul.

Kenza a souri encore plus du coin de la lèvre.

– Et ça t'amuse ? ai-je demandé l'air toujours très calme alors que je bouillonnais à l'intérieur.

Les deux bandes de copines se faisaient face. Athénaïs était entre nous. Je sentais que, d'une minute à l'autre, la kermesse et notre année de CM2 pouvaient très mal se terminer. À moins que Kenza accepte de s'excuser.

Elle a répondu :

– Un peu… On en a tellement marre de vous et de vos petits secrets !

– Et nous, on en a marre de ton mauvais caractère, ai-je répliqué très énervée.

– Moi, j'ai mauvais caractère ? Tu m'insultes, Camille ?

À ce moment-là, Diego et sa bande sont arrivés vers nous en courant et m'ont bousculée sans le faire exprès. Mes lunettes se sont écrasées par terre. Ma gaufre couverte de chantilly m'a échappé des mains, elle a volé dans les airs, j'ai tenté de la rattraper sans succès. Elle a atterri sur le tee-shirt de Kenza, elle est restée collée dessus quelques secondes puis elle a commencé à glisser lentement.

Kenza l'a empoignée comme s'il s'agissait d'une arme et elle a hurlé :

– Tu veux te battre, tu veux te battre ?

Elle allait me l'aplatir dans la figure quand soudain on a entendu une voix de garçon :

– Eh les filles ! Vous ne trouvez pas qu'il fait un peu chaud ?

On s'est retournées en même temps et on a eu une vision d'horreur : Diego entouré de ses copains tenait un tuyau d'arrosage braqué dans notre direction.

On n'a pas eu le temps de se protéger, on a reçu un jet d'eau glacial en pleine figure.

– Tous contre les garçons ! s'est écriée Kenza.

– Tous contre les garçons ! ai-je répété.

On s'est jetées sur des gobelets vides entassés dans une poubelle et on s'est précipitées aux lavabos des toilettes pour les remplir.

Nos copines nous ont rejointes et on a poursuivi la bande de Diego à travers toute la cour. Le costume de sumo de Diego était trempé et un morceau de mousse s'en échappait. Romain a retiré le sien. Le petit Clément n'arrivait pas à courir, gêné par son gros ventre. On était prêtes à faire un shampoing à Diego mais il a réussi à nous échapper et à se réfugier dans les toilettes. On a entendu Kenza hurler :

– Au secours ! Au secours !

Il s'apprêtait à mettre la tête de Kenza sous le robinet quand Mme Delaporte est arrivée et a ordonné :

– Bon maintenant ça suffit ! Et le stand surprise ? Tout le monde vous attend !

On s'est précipités vers le stand où tous les CM2 étaient déjà rassemblés.

Des excuses-surprises

Mme Delaporte s'est emparée du micro, l'a tapoté pour s'assurer que le son était correct puis elle a annoncé :

– Je vous demande votre attention…

Elle a attendu le silence quelques secondes et a poursuivi :

– Si Kenza et Diego veulent bien se calmer…

Près de Mme Delaporte, sur les marches du préau, Kenza envoyait des coups de poing dans le faux ventre de Diego. Ils se sont immobilisés et notre maîtresse a repris :

– Nous fêtons aujourd'hui le départ à la retraite de madame Sanchez.

Tout le monde a applaudi. Mme Sanchez a pris le micro à son tour. Elle a raconté les événements qui avaient marqué sa carrière dans cette école : l'élève qui arrivait en chaussons chaque matin, celui qui avait tenté d'escalader la façade, la mode des osselets, la panique devant le tableau numérique...

Et puis elle a versé une larme en imaginant le jour de la prochaine rentrée quand, par sa fenêtre, elle verrait les enfants entrer dans l'école où elle n'enseignait plus.

Pour finir, elle a annoncé ses projets l'année prochaine :

– Grâce à notre classe de neige, j'ai pris goût au ski et j'ai l'intention de me mettre sérieusement au sport. Je me suis déjà inscrite à un club de gym.

On s'est jeté un coup d'œil complice avec Antoine. Ses collègues ont profité de cette annonce pour lui offrir une tenue de gym noire et rose fluo. Et tous les CM2 se sont regroupés autour d'Athénaïs afin de lui remettre le cadeau pour lequel on s'était cotisés : un ensemble collier, bracelet, boucles d'oreilles.

Mme Sanchez, les larmes aux yeux, nous a embrassés pour nous remercier.

Elle avait à peine terminé que la voix d'Antoine a résonné dans le micro :

– Et maintenant, le stand surprise en l'honneur de madame Sanchez !

– Une surprise ? a-t-elle fait semblant de s'étonner.

Je n'aurais jamais cru Antoine capable de s'emparer d'un micro en pleine kermesse, lui qui est si timide et si sérieux. Et il a fait bien plus puisqu'il a pris la direction des opérations.

D'un grand geste, il a retiré le drap qui recouvrait le stand. Sur la banderole, on avait écrit : « Le stand des maîtresses super sportives. »

Eh oui, la super idée d'Antoine était un concours sportif : concours de corde à sauter, dribbles, badminton…

– Est-ce que les maîtresses sont capables d'exécuter les activités sportives qu'elles donnent à leurs élèves ? a demandé Antoine dans le micro. Nous allons le vérifier dans un instant. Mesdames, à vous de jouer !

On s'est regardées avec Marie-Lou, impressionnées, et ma copine m'a demandé :

– Il a pris des cours pour s'exprimer en public ?

J'ai rigolé mais elle avait peut-être raison. Antoine a toujours été tellement timide !

On ne pensait pas que les maîtresses se prêteraient aussi bien au jeu. Elles ne voulaient plus arrêter !

Mlle Balutin du CP était toute rouge, Mme Rousseau du CE1 perdait son pantalon, Mme Benhamou du CE2 riait aux larmes, Mme Dupont-Guillet du CM1 courait les fesses en arrière et Mme Sanchez répétait tout essoufflée :

– Qui a eu cette idée ?

On encourageait notre directrice et on aurait aimé qu'elle gagne mais c'est Mme Delaporte qui a remporté la victoire. On ne savait pas qu'elle était championne de cross avant d'être maîtresse !

Antoine lui a remis la médaille de la maîtresse la plus sportive et l'a embrassée sur les deux joues. Évidemment, Diego n'a pas pu s'empêcher de siffler.

Avec mes copines, on est restées jusqu'à la fin pour ranger la cour avec quelques parents d'élèves et une quinzaine de CM2.

Sur les marches du préau, Marie-Lou s'est exclamée toute contente :

– C'est le plus beau bazar que j'aie jamais vu !

Et moi j'ai répondu :

– On ne réussira jamais à ranger tout ça avant lundi !

C'était notre cinquième kermesse et pourtant j'avais encore du mal à croire que, dans une heure, tous les stands seraient démontés et les papiers ramassés et jetés. La cour serait vide, grise et propre. Le portail serait fermé, comme s'il ne s'était rien passé.

On était assez étonnées que Kenza et ses copines restent pour nous aider à ranger le stand mais on n'a pas fait de commentaires. Elles étaient toutes gentilles et n'arrêtaient pas de répéter que cette kermesse était vraiment réussie. On ne répondait rien parce qu'on était encore très énervées qu'elles nous aient laissées seules sur le stand.

Comme Kenza s'éloignait avec ses copines pour récupérer la poubelle jaune, Athénaïs en a profité pour nous demander :

– Vous n'êtes plus fâchées avec Kenza ?

– Si, on est encore fâchées, ai-je rétorqué.

– Vous êtes sûres ?

– Complètement sûres.

– Ah bon, on ne croirait pas…

Mais elle n'a pas eu le temps de nous demander des explications, Kenza revenait avec la poubelle.

On démontait notre stand quand Mme Delaporte, toute joyeuse, nous a lancé :

– Félicitations pour vos JO, les filles ! Les élèves se bousculaient pour y participer.

– C'est Camille et Marie-Lou qui se sont occupées de tout, a répondu Kenza.

J'étais tellement stupéfaite par sa franchise qui ressemblait à des excuses que je lui ai souri. Elle m'a souri aussi. Et au lieu de mettre la flamme dans la poubelle, elle nous a demandé :

– Je peux la garder en souvenir ? C'était vraiment une kermesse d'enfer !

Des adieux de CM2

Il ne restait plus qu'une semaine d'école primaire et je planais sur un petit nuage. J'étais tellement contente de notre stand, de mes copines, de mon livret d'évaluation, qu'on pouvait m'annoncer n'importe quoi, même le pire. C'est d'ailleurs ce qui s'est passé le lendemain de la kermesse.

Après le déjeuner, mes parents m'ont proposé de m'asseoir dans le canapé. Je commence à les connaître. C'est une manière d'annoncer : « On va discuter de choses sérieuses. » Je ne m'étais pas trompée.

J'étais donc assise toute seule dans le canapé. Mes parents étaient installés chacun dans un fauteuil en face de moi.

– Tu es contente de votre kermesse ? a commencé maman d'un ton décontracté.

– C'était génial !

Papa a poursuivi :

– Il y avait une bonne ambiance et tu as vraiment plein de copains.

– Surtout des copines. On est inséparables.

Il y a eu un blanc et maman a sorti une feuille de l'enveloppe qui était posée sur la table basse.

– On a reçu un courrier du collège Boris-Vian, a-t-elle déclaré d'un ton très sérieux.

On dépendait de Marie-Curie mais Boris-Vian avait meilleure réputation et mes parents m'y avaient inscrite cet hiver.

– On a reçu un avis favorable, a continué maman. Bien sûr, tu peux aller à Marie-Curie mais on pense que pour toi, pour ton avenir, Boris-Vian serait plus intéressant.

– Il y aura Charlotte et Antoine de ta classe, a précisé papa.

– Tu peux réfléchir quelques jours mais il faudra vite donner notre réponse.

– C'est d'accord, ai-je immédiatement répondu.

Je préférais ce collège plus tranquille, situé à côté du square où j'allais jouer petite et où une amie de mes parents enseignait.

C'est à cet instant que papa a lancé :

– Tu reverras tes copines le week-end ! De toute façon Marie-Lou ne sera plus là.

– Hein ?

– Ben elle sera au… au…

Il s'est rendu compte qu'il avait gaffé et que je n'étais au courant de rien. Maman l'a fusillé du regard. Il a bredouillé :

– Elle déménage au… au Canada. Tu ne… Elle ne te…

Voilà comment j'ai appris que ma meilleure copine ne serait de toute façon pas au collège avec moi. Sa mère avait trouvé du travail à Montréal pour deux ans. C'était donc ça le « truc à me dire » de Marie-Lou que je ne croyais pas important ! Et je comprenais maintenant pourquoi elle lisait des livres sur le Canada.

Je n'ai pas pleuré sur le coup. J'étais abasourdie. Je me suis levée comme un robot. J'ai trébuché sur le tapis et je me suis cognée contre la table basse.

– Tu trouveras d'autres copines, ne t'inquiète pas, a lancé papa.

– Et puis vous vous enverrez des mails et vous vous appellerez sur Skype, a ajouté maman. On ira les voir. Deux ans, ça passe vite.

Je me suis dirigée lentement vers l'entrée. J'ai enfilé mes rollers. J'ai entendu papa s'exclamer :

– Elle ne l'a pas trop mal pris.

Maman m'a rejointe et m'a demandé :

– Tu vas chez Marie-Lou ?

Je n'ai pas répondu. Je suis partie en tee-shirt, sans mes protections, le casque détaché. J'ai glissé comme une débutante, perdu l'équilibre en descendant d'un trottoir, j'ai été obligée de me rattraper à un poteau parce que je n'arrivais plus à freiner. Je ne sais pas comment je suis arrivée indemne chez Marie-Lou.

Je n'avais jamais vu sa chambre aussi bien rangée. Les livres étaient dans les étagères, les vêtements dans les placards, la poubelle était vide, la couette bien étalée sur le lit. Marie-Lou était en train de trier ses perles par couleur.

– Ta chambre a l'air immense quand elle est rangée ! je me suis écriée.

Elle s'est levée. Elle s'est approchée de moi en me regardant fixement. J'ai eu l'impression qu'elle lisait comme dans un livre ce qui se passait dans ma tête.

– Camille, ça va ?

– Ça va.

Elle m'a pris la main. Et là il s'est passé un truc magique comme si de l'électricité d'amitié circulait entre nous.

Elle m'a prise dans ses bras. Et on a éclaté en sanglots. On savait que plus rien ne serait comme avant. C'était fini la belle vie. Adieu le CM2, adieu le club de super copines.

On a enfilé nos rollers et on est allées faire un tour sans dire un mot. Et puis on a croisé Diego et Kenza près de la boulangerie. Ils se tenaient par la main. On a réussi à rester sérieuses. On leur a dit « Salut ! », on s'est dépêchées de tourner à l'angle de la rue et là, on s'est arrêtées et on a éclaté de rire.

En route pour la sixième

Ce lundi matin du mois de juillet, alors qu'on discutait tranquillement de nos destinations de vacances, mes copines et moi, Kenza a traversé la cour en fonçant droit vers nous, suivie de ses trois copines. Elles avaient l'air furieuses.

– Vous avez entendu ce qu'a dit madame Delaporte ? a demandé Kenza. On va travailler jusqu'au dernier jour.

– D'habitude on a le droit d'apporter des jeux la dernière semaine, a ajouté Selma.

– C'est injuste, pourquoi on travaillerait alors que les autres classes ont le droit de jouer ? a renchéri Jade.

– Oui c'est trop injuste, a répété Maé. Alors qu'est-ce qu'on fait ?

On s'est jeté un coup d'œil, mes copines et moi, et on a éclaté de rire. Cette fois, Kenza pouvait aller toute seule voir la directrice.

Elles nous ont regardées, surprises, et elles sont parties chercher d'autres élèves pour les soutenir.

Cette semaine-là, on a dégusté chaque minute de nos derniers jours d'école primaire. Contrairement aux craintes de Kenza, on n'a pas travaillé beaucoup. On a rendu les livres, rangé la classe et on a fait des exercices amusants. Mme Sanchez portait les bijoux qu'on lui avait offerts et Mme Delaporte n'avait plus qu'un petit cartable tout fin au lieu de ses deux énormes cartables habituels.

Le dernier jour, on a apporté des jeux et Mme Delaporte a même fait un loup-garou avec nous.

Le soir, Marie-Lou est passée à la maison pour me dire au revoir. Elle partait en vacances le lendemain et on ne se reverrait pas avant son déménagement. Elle m'a offert un journal intime.

– C'est pour écrire tes secrets au cas où tu n'aurais personne à qui les confier l'année prochaine. Ou alors tu pourras raconter notre CM2, il s'en est passé des choses cette année ! Ton anniversaire, la classe de neige, la kermesse…

On s'est serrées dans les bras l'une de l'autre et on s'est promis de s'envoyer des messages et de rester amies pour la vie.

Le samedi matin, je suis allée visiter le collège Boris-Vian avec Antoine et Charlotte. Le principal, M. Longver, qui avait l'air plutôt sympathique, nous a reçus dans son bureau. Charlotte piochait des bonbons dans sa poche et Antoine portait une chemise fermée jusqu'au cou. J'étais rassurée de les retrouver parce que je ne connaissais personne, les autres élèves venaient d'autres écoles.

En sortant, j'ai croisé une fille rigolote. Elle avait des frisettes brunes, des boucles d'oreilles en forme d'esquimaux, un tee-shirt avec écrit « J'adooore » et des baskets à pois. Elle a tapé dans ses mains et elle s'est exclamée tout haut :

– Je sens qu'on va bien s'amuser en sixième ! Je suis pressée d'y être !

J'ai souri et j'ai eu aussitôt le sentiment qu'on pourrait devenir copines. Elle est partie d'un côté et nous de l'autre. J'ai jeté un dernier coup d'œil vers mon futur collège et j'ai pensé : vivement la sixième !

Table des matières

Honneur aux CM2 7
Demande de stand 17
Papa star 27
Par ici la visite ! 35
On n'est pas des quiches 49
Panique au planning 61
Vite, l'affiche 69
Prêtes pour les JO ? 77
Classe bricolage 89
Tentative de sabotage 95
Cris et confettis 103
Cérémonie d'ouverture 113
Sauvées ! 121
Attention, ça va chauffer 129
Des excuses-surprises 135
Des adieux de CM2 143
En route pour la sixième 149

Vive le CM2 !

Retrouvez
Camille et son club de copines
dans

Mon (super) anniversaire
C'est décidé, Camille
fête ses dix ans.
Mais qui va-t-elle inviter ?
Au menu, crêpes party,
bonbons, éclats de rire
et une méga surprise…

La classe de neige
(et de copines)
Camille et ses copines
vont-elles apprécier
leur classe de neige ?
Au programme, fous rires,
batailles de boules de neige
et test de la deuxième étoile…

Vive la 6e !

Découvrez

Camille et son amie Malika

dans

Ma première boum

Camille organise sa première boum. Pour tout préparer, c'est la fièvre avant le fameux samedi soir !

Rendez-vous à la patinoire

Camille et Malika ont rendez-vous avec des copains à la patinoire. Mais elles ne savent pas patiner !

Avertissement de conduite

Pour avoir écrit une lettre anonyme à cette peste de Jessie, Camille et Malika risquent un avertissement de conduite !

Un cœur en vacances

Ouf, la sixième est finie !
Camille et Malika partent en vacances ensemble…

L'auteur

Ségolène Valente est née à Paris en 1973. En classe, elle préférait inventer des histoires plutôt que de résoudre des problèmes de maths.
Après des études de lettres, plusieurs années de théâtre et un passage dans l'enseignement, elle publie son premier roman jeunesse *Ma Première boum*. Depuis, elle se consacre à l'écriture.
Elle vit aujourd'hui en région parisienne avec son mari et ses deux enfants, Gaspard et Basile.
Elle aime participer à des salons du livre et rencontrer ses lecteurs dans leurs classes pour parler des histoires. Pas pour résoudre leurs problèmes de maths.
Vous pouvez retrouver Ségolène Valente sur son site :
http://segolenevalente.ifrance.com/

L'illustratrice

Née à Montpellier d'un père français et d'une mère norvégienne, **Isabelle Maroger** a dès son plus jeune âge gribouillé partout et sur tout, de préférence sur les rideaux du salon, sur son petit frère, sa grande sœur, son chien et son chat... Cela lui a réussi car elle a poursuivi ses hautes études de gribouillage dans une vraie école de dessin, l'école Émile-Cohl de Lyon.

Désormais elle illustre des livres et des magazines pour enfants ou femmes chic. Elle aime créer des images graphiques et qui donnent le sourire :)

Isabelle Maroger vit à Lyon.

Retrouvez la collection

Rageot • Poche

sur le site www.rageot.fr

RAGEOT s'engage pour l'environnement en réduisant l'empreinte carbone de ses livres. Celle de cet exemplaire est de :

360 g éq. CO_2

Rendez-vous sur www.rageot-durable.fr

PAPIER À BASE DE FIBRES CERTIFIÉES

Achevé d'imprimer en France en mai 2013
sur les presses de l'imprimerie Hérissey à Évreux.
Dépôt légal : juin 2013
N° d'édition : 5923 - 01
N° d'impression : 120462